Witte liefde

Ander werk van Wanda Reisel

Jacobi's tocht (twee verhalen, 1986)
Het blauwe uur (roman, 1988)
Het beloofde leven (roman, 1993)
Baby Storm (roman, 1996)
Een man een man (roman, 2000)

Wanda Reisel

Witte liefde

Amsterdam
Em. Querido's Uitgeverij BV
2005

Voor het schrijven van deze roman ontving ik een beurs van het Fonds voor de Letteren.

Mijn speciale dank gaat uit naar alle (ex-)Curaçaoënaars die door hun verhalen en anekdotes uit het verleden het levendige en veelkleurige beeld hebben laten oprijzen van het Curaçao van mijn jeugd in de jaren vijftig.

W.R.

Eerste druk, 2004; tweede druk, 2005
Copyright © 2004 Wanda Reisel
Voor overname kunt u zich wenden tot Em. Querido's Uitgeverij BV, Singel 262, 1016 AC Amsterdam.

Omslag Brigitte Slangen
Omslagfoto Jacques Reisel
Foto auteur Ben van Duin

ISBN 90 214 7998 2 / NUR 301
www.wanda.reisel.net
www.boekboek.nl

Opgedragen aan mijn moeder
Emma Reisel-Muller (1921-2002)
en mijn vader
Jacques Reisel (1915-1976)

I

Heden, 18 november

Gewassen en aangekleed. Nagels gevijld en gelakt. Opgemaakt, alles erop en eraan, oogschaduw, rouge en lipstift. Ik hoop dat het er allemaal niet al te erg uitziet.
 – Mooi. Karakteristieke kop zo. Goed werk.
 – Niet slecht. Je ziet wel dat ze in het gewone leven ook knap was.
 – Was ze soms een filmactrice? Ze lijkt een beetje op... kom, die Franse...
 – Geen idee. Mooie vrouw in ieder geval, hele mooie vrouw.

Het is wel eens aardig om als kunstwerk bekeken te worden, van deze kant bedoel ik... Zal wel geen bont zijn waar ik in lig, m'n handen zedig in een mof gestoken, beetje Dietrich. Maar wat ik echt hoop is dat ze me Grace Kelly-haar gegeven hebben en een lekker lange sjaal... Ik hoor ze hun spul inpakken, denk ik... Ze hadden me best mogen onderzoeken om erachter te komen waarom mijn huid zo jong is gebleven, maar het is er niet van gekomen. Je neemt je in je leven zoveel voor, medisch wonder of niet. Daar gaan ze, ik hoor ze nog lachen in de verte.

Het is hier nu wel heel erg stil.

Ik geloof dat ik echt dood ben.

2

Ze hebben godzijdank geen flauwe grappen gemaakt, ze hadden het alleen over een of ander tuinfeest in het weekend, maar op gedempte toon. Al met al vrij beschaafd. Ze hebben een sigaar gerookt, mijn vader rookte vroeger sigaren, stak er altijd een op als hij klaar was met het spreekuur, heerlijk.

Zouden ze me hier gewoon laten liggen? Wat denk je? Ik weet wel wat dit hier is, een lab of een operatiekamer van een ziekenhuis. Er is roestvrij staal, zoals de togen van Spaanse bars zijn, hoge ramen, geblindeerd met een smoezelig rolgordijn. Ik zie licht, maar dat kan ook kunstlicht zijn. Lieve god, maar wanneer ben ik dan dood gegaan? Ik herinner me er niks van. Ik heb geslapen. Diep geslapen en veel gedroomd. De morfine natuurlijk, in Morpheus' armen, heel geruststellend, mooie Morfientje. Maar het is toch godgeklaagd dat je doodgaat zonder het te weten...?

Luister, typisch stommelgeluid van een schoonmaker... emmer neerkwakken... kraan open... vol laten lopen, dat doffe geluid. Had me na m'n dood niet een leven als blinde voorgesteld. Blind is het woord niet helemaal want op een of andere manier zie ik heel goed. Ik neem wel waar, als je dat zo kunt zeggen, maar het kan zijn dat mijn blik onbetrouwbaar met mijn verbeelding verkeert, dat die twee de boel een beetje aan het bedonderen zijn. Me bewegen kan ik geloof ik ook niet, hoewel ik dat niet zeker weet, vingers of armen optillen, met m'n tenen wiebelen.

Dit is toch wel echt dood zijn, neem ik aan. Maar m'n hoofd is nog helder...

Je kijkt met je geestesoog, ik geloof dat dat het is.

De schoonmaker tikt nu met de steel tegen het bed of de baar of waar ik ook op mag liggen, op operatiebedhoogte zal ik maar zeggen. Wacht even, zou dat niet kunnen? Niet dood maar onder narcose. Ja, in coma! Hallo! Schoonmaker! Hoor je me? Dat gemoffelde geluid, dat ben ik... Zinloos. Zou ik mezelf van dit bed kunnen rollen?

– My baby is dead and gone...

Hij zingt.

– Dead and gone my baby...

Hij zingt een blues! Een neger zingt de blues aan mijn doodsbed, of mijn ziekbed, is dat hier usance? Of ben ik soms terug op Curaçao? Ik kan de merengue niet meer dansen, zoveel is me wel duidelijk. Hij zong daarnet vlakbij mijn oor en ik probeerde mijn gezicht nog naar hem toe te draaien, maar er gebeurde niks, hij had zeker geschreeuwd als het me gelukt was, arme jongen, de schrik van zijn leven en voorgoed gelooft hij in de spoken van zijn voorouders.

Aan welke verlamming ben ik dan geopereerd als ik hier in een operatiekamer lig? En welke mallotige medicus laat me hier liggen, tussen de rotzooi?

Ik hoor het tikken van de regen op zink, dan is dit zeker niet Curaçao... Wacht, in november kan er best... Nee, kom, ik ben echt dood, laat ik er nou maar niet meer over zeuren. Wat een toestand in Marokko.

Ze hebben ergens een felle lamp aangedaan, zo een die tikkend opgloeit, voelt nu al aan als voor een verhoor. Hoor ik ze iets mompelen over mijn vonnis?

– Eén, twee, drie, hop!

Handen tillen me op, grijpen om m'n enkels en onder m'n oksels. Het voelt dof, of ze me een duikpak hebben aangetrokken. Mijn lichaam is een plank, ik kan het niet anders omschrijven, een rechte plank en niet van mij. Ik hoor de mannen kreunen als ze me optillen, dus vederlicht zal ik niet zijn, en nu rollen ze me weg op een brancard, god weet waarheen. Denk je dat het allemaal voorgoed afgelopen is, wordt er nog langdurig met je lijf gesold. En zij maar denken dat je ze niet kunt horen.

Wie heeft me hiernaartoe gebracht? Ingi natuurlijk. Arme Ingi, nu moederziel alleen met Ian, je zegt gewoon Jan. We staan stil. Ik huiver.

– Mevrouw Weller?

– Ja?

Ik ben het die ja zegt, maar ik hoor Ingi's stem.

– Komt u maar even, ze is hier.

Ingi's schaduw over me heen. Ik voel het.

– Och mammie... wat lig je er mooi bij.

Ja? Mooi, als jij het vindt, schat. Fijn dat je het zegt. Niet huilen. Ik hoor een snik in haar stem. In godsnaam niet snikken, kind.

– Ligt ze er niet statig bij, Ian?

Zegt ze schattig? Schattig?

– Ja. Zoals ze was.

Hij is alweer weg, de tere goedzak.

– Alles naar wens?

Naar wens?

– Ja, het is mooi zo.

– Dan leggen we haar straks op ijs, blijft ze mooi.

Kaviaar en oesters, grote god, wat heb ik daar een trek in. Daar zouden ze zich allemaal op mijn begrafenis te goed aan moeten doen, een buffet oesters, kaviaar en kreeft, dat zou fantastisch zijn. En ik op een ijsbed ernaast. Ingi! Oesters en kaviaar voor iedereen! En chablis en champagne... Misschien hoort ze me, in haar geest.

Weet je wat gek is? Ik heb ineens zin in een sigaret... ja,

nou kan het ook wel weer, zou je zeggen... Ontzettende zin om te roken, als je al dood bent en je al twintig jaar gestopt bent – bespottelijk! Op ijs blijf ik mooi, een geruststellende gedachte.

De kilte hier is gek genoeg droog. Ze schuiven je als een malse reerug de koeling in, maar dat is toch minder koud dan je verwacht. Wel donker, dat zie je zo, wat dat betreft ben ik net zo goed niet dood. Wie vertelt me wat? Waarom die gebrekkige informatie, niemand die zijn mond opendoet, alleen wat misselijk gesmiespel op de achtergrond. Het is hier het voorgeborchte voor de kist, de antichambre, maar daar stel ik me wat warmers bij voor, een lekkere scherpe houtgeur van een knapperig haardvuur, een cognacje erbij, terwijl het buiten november is. Wat voor weer was het toen ik opgenomen werd? Een sigaret zou fijn zijn, één trekje. Het hoosde toen we wegreden. Maar daarvoor herinner ik me een stilstaande lucht die alle mogelijke grijstinten kende als het humeur van een hongerige kat.

Luister... ze laten wat vallen. 's Nachts klinkt alles anders, altijd holler. Waarom zou ik hier de enige zijn, mensen sterven doorlopend, niet?
  Zo'n koeling, merk ik, is een uitgelezen plek om na te denken. Niemand die je stoort, volstrekte stilte, aangename temperatuur en toch de zekerheid dat iemand je op een gegeven moment komt halen. Mensen zijn snel met hun lot te verzoenen, als er maar een tikje fantasie bij komt. Wat een gedachten après-ski, zal ik maar zeggen, komt zeker door die filosofentemperatuur hier. In warmte wordt geen filosofie geboren, zeggen ze wel eens. Alle grote filosofen kwamen uit het noorden. Kan wel zijn, want op Curaçao ben ik nooit een norse Kierkegaard of

een knoestige Kant tegengekomen. Wel geldverkwistende, schietgrage en knappe Zuid-Amerikaanse opscheppers – over hun geslachtsdrift, het casino en het drinken van mescal. En ook kende ik negers – geslachtsdrift, rum en domino – die mij met hun vuurschietende ogen, hun wetende glimlach en hun warme handdruk in één zin meer wijsheid hebben bijgebracht dan al die Scandinavische houtduivenkluivers met hun gebeeldhouwde alinea's bij elkaar.

Veel van wat ik in mijn leven gezien heb is me niet bijgebleven, dat is het werk van het verdringingsduiveltje met zijn versnipperaar. Maar een paar beelden staan in mijn geheugen geëtst. Sommige daarvan verfletsen op den duur toch, dat weet je, maar gelukkig kun je een etsplaat na jaren onder het stof met wat geduld en terpentine oppoetsen. Kon je ons trouwens zelf maar onder een pers leggen, zodat het leven uit je perkamenten lichaam gewalst werd als een Egyptisch dodenboek, waar dan al je opmerkelijke levensfeiten in opgetekend zouden staan, met hier en daar een voetnoot die je weliswaar met een loep moest bekijken maar waaraan je blik toch zou blijven haken. Iets moois, iets waardevols voor de achterblijvers, de arme stakkers. Die moeten het anders alleen met je konterfeitsel en wat overblijfselen doen, ik bedoel je oude agenda's, een paar volstrekt oninteressante brieven, je boekenkast, je ondergoed, mijn god, wat een bezoeking. Die hele archeologische boel zou, met permissie, in één keer in de hens moeten. Weg is weg. De herinneringen en een paar wapenfeiten zijn genoeg, nietwaar? Nu moet ik oppassen niet cynisch te worden, want dat is ook maar een houding van iemand die naar een andere planeet verhuisd is en zijn vorige woonplaats volkomen afkamt, dat is geen fair play.

3

Felle schitteringen op het water, de zon en de zee spannen samen. Ik loop langs de vloedlijn en kijk langs mijn bruine benen omlaag hoe lekker mijn tenen in het natte zand grijpen en als ik omkijk zie ik hoe mijn voetstappen snel weer verdwijnen, alsof ik er helemaal niet gelopen heb. De modder slorpt mijn afdrukken op en strijkt ze glad om mij voor godweetwat te behoeden.

Het geluid van de golven, de hete zon en het trage zand maken me roezig. Een overvol strand maar ik ben in mijn eigen ruimte, alleen met mijn gedachten te midden van duizenden badgasten. Hoe het komt kan ik niet verklaren, maar dit is de roes van geluk; ik ben wel jong maar dát weet ik al.

Ik bots tegen een pak aan, het donkerbruine pak van dokter Blasius, een knoop tegen mijn voorhoofd. Onmiddellijk legt hij een droge hand met een koele, dikke zegelring in mijn nek en vraagt of ik iets lekkers wil. Met diezelfde hand drijft hij me naar de kraam, waar ik een ijsco van hem krijg. Hij vraagt of ik een ritje wil maken. Dokter Blasius heeft een auto met chauffeur en logeert met zijn dochter Do in hetzelfde hotel aan de Belgische kust als wij. Hij zegt dat hij Do gaat ophalen. Do en Ro, onze vriendschap lag voor de hand. Ik zit al in de auto met het gladde groene leer vanbinnen en probeer niet met mijn ijs te morsen. Dokter Blasius zit naast mij, zijn hand straalt koelte uit vlakbij mijn nek en daarom vraag ik me niet eens af of hij het warm heeft in zijn bruine pak. Hij informeert naar mijn vorderingen op school, Grieks en Latijn, en hoe het met mijn ouders gaat, die verderop in de rieten strandstoelen de krant lezen. De chauffeur laat de wagen stapvoets langs de boulevard rijden, waar de mensen vertraagd lijken te lopen. Dokter Bé gaat met zijn hand over mijn borsten en streelt met zijn andere hand mijn dijbeen. Ik blijf door het zijraam kijken en verplaats mijn ijsco van de ene in de andere hand, dan tast ik naar de chromen hendel van de deur. Ik verontschuldig me onverstaanbaar en omdat de chauffeur maar langzaam rijdt kan ik zo uitstappen en in één beweging het portier achter me dichtgooien. Het bolletje vanille zit nog recht op de hoorn. Gelach van een groepje en flarden muziek van de draaimolen. Ik draai me om naar de zee, op de golven staat nog die schittering die even pijn doet aan mijn ogen.

4

Ik wacht erop dat ze me komen halen, het duurt wel erg lang. Je hebt geen idee van tijd in zo'n koelcel, wat een paar uur is of een hele nacht. En ik hoor geluiden die ik niet kan thuisbrengen. Ik houd me niet dagelijks op in het mortuarium van een begrafenisonderneming, maar een werkdag begint hier vast gewoon om acht uur, of zelfs voor zonsopgang, als ik me de koppen van de meeste doodbidders voor de geest haal – die zien eruit of ze zelf al eens kennisgemaakt hebben met de wereld onder de groene zoden en zo nu en dan met een afwezige blik een wormpje uit hun oor of neus pulken.

Maar goed, zij zijn aan zet, hoewel alles in me nog jeukt om op te springen en de gang van zaken eens te regelen, want mijn dochter is een lief ding, maar als het op daadkracht aankomt staat zij ergens aan de waterkant naar de glimmertjes te kijken.

Ik ben nooit in therapie geweest, maar ik kan je wel vertellen dat een mens uit zoveel tegenstrijdigheden bestaat dat het een godswonder mag heten dat hij er nog redelijk samenhangend bij loopt in plaats van als een jutezak vol uitstekende voorwerpen op de openbare weg voort te rollen. Ik heb altijd overal de tegenkant van gezien en nooit goed weten te kiezen, ik vond kiezen een gemene voorwaarde voor het leven, liet liever voor me kiezen. Ik heb, eerlijk gezegd, vaak het toeval mijn lot laten bepalen. Ik zat in een papieren bootje op een rivier en liet me daar aanspoelen waar het bootje maar tegenaan botste. Er leek een verbod om zelf mijn lot te bepalen, waarom dat zo was weet ik niet. Ik werd er steeds beter in een keuze te maskeren, zodat het niet snel bij me opkwam dat ik het zelf was geweest die dit of dat over me had afgeroepen. Ik had er handigheid in gekregen om anderen mijn weg te laten bepalen. Het was mijn manier van bewegen, net als fietsen of zwemmen, maar hoe ik dat geleerd heb weet ik niet.

Toen ik jong was en volwassenen om mij heen over 'karakter' spraken, met name over iemand met een 'uitzonderlijk goed karakter', dan begreep ik nooit wat ze bedoelden, hoe je dat kon zien en vooral hoe je het kon krijgen. En nu nog weet ik niet wat karakter is, door wat of wie het precies gevormd wordt. Mij is, voorzover ik weet, nooit iets van karakter bijgebracht, op dit gebied ben ik als een blinde in een donkere kast. Mijn intuïtie leidde me meestal wel in de juiste banen. Met het duiken van de hoge of met paardrijden wist ik altijd intuïtief wel wat je wel en niet moest doen, welke lichaamsdelen je moest ontspannen en welke aangespannen moesten zijn, waar je je handen liet, wat een natuurlijke gang was. Ook het omgaan met dieren ging me goed af, het was of ze me verstonden of aan het aanhalen voelden dat ik goed voor ze was en ze liefhad. Er was voor mij geen groot verschil tussen een hond en een baby, die ik altijd op mijn arm wel stil kreeg of aan het lachen. Ik wist dat ik daar een speciaal zintuig voor had, maar dat heeft weinig met karakter van doen. Het is mij nooit duidelijk geworden of de mensen er een bepaalde strengheid mee bedoelen die ontstaat door veel teleurstellingen en tuchtiging door oudtestamentische regels, of dat het een moreel en principieel besef van binnenuit is, een aanleg dus. Dit alles was lange tijd verwarrend voor mij. Later ben ik vaker geconfronteerd met het volledig ontbreken van karakter, en al te vaak heb ik me in het levensverkeer als een nuchtere dronkeman begeven, niet helemaal wetend waarom ik links- of rechtsaf moest, me niet bewust van het feit of ik held of lafaard was, dat kwam niet bij me op, maar het liep altijd gestroomlijnd, ik doe de dingen al heel lang op mijn water.

Zo heb ik Rudi ontmoet, of liever, heeft hij mij ontmoet. Hij pikte mij uit een gezelschap bij een opening van een tentoonstelling. Ik was daar verzeild geraakt doordat ik in die tijd veel in kunstenaarskringen verkeerde. Ik kleide zelf wat, maar zonder veel overtuiging, ik maakte wel beelden maar het ontbrak me aan ambitie, er waren zoveel arrogante blikken op mijn werk gericht dat ik niet eens zin had om het te verdedigen. En daar stond Rudi achter me en zei dat het labeltje van mijn vest een vlaggetje was dat naar buiten piepte en hij stopte het weer terug, dat kriebelde lekker in mijn nek, langs mijn ruggengraat. Ik draaide me om, hij hield twee glazen champagne in zijn hand, we klonken en ik zag zijn knappe gezicht, zijn zachte ogen, zijn lange gestalte, en hij zei dat hij wel het bergbeklimmertje wilde zijn dat op mijn top zijn vlagje plantte, een licht ironische lach om zijn lippen en ik was om. Ik had ook wel actrice willen worden of medicijnen willen studeren, maar van dat alles is weinig gekomen omdat ik zo slecht kan kiezen. Of geen karakter heb.

We trouwden en algauw was ik zwanger en werd onze dochter Ingrid geboren. Toen kwam er uit het niets een telegram van Ben Tak, Rudi's studievriend. Er was behoefte aan hem als architect op het tropische Curaçao. We hebben niet geaarzeld, we hadden zin in avontuur. Met ons bezit in twee hutkoffers zijn we op het vrachtschip de Trinity vanuit Rotterdam naar de West vertrokken. Als ik eraan denk prikt onmiddellijk weer de grijze rook van het schip in mijn neus en snerpt de fluitstoot van het vertrek in mijn oren.

Op het dek lagen we in de ligstoelen bij het niet al te grote zwembad, gewoon een hoge waterbak bekleed met blauw plastic. Kapitein Williams was een Brit zonder poespas en met een grote zwarte snor, die elke dag een ander echtpaar bij zich aan tafel uitnodigde. Rudi kon goed met hem opschieten en om de tijd te doden flirtte ik wat met de eerste stuurman, Chester geheten, een knap hoofd met een bruinblond streepsnorretje dat ik best aantrekkelijk vond. Chester kon goed dansen, in tegenstelling tot Rudi, die de beker snel doorgaf. Een zestienjarig meisje aan boord had zich algauw over Ingi ontfermd. Ze deed haar levende poppetje in bad, liep de hele dag met Ingi in de kinderwagen of hees haar in het tuigje, liep rondjes achter haar aan op het dek en in de hut wachtte ze geduldig tot het kindje sliep. Mijn overtocht was dus van een zalige rust. Rudi en ik lagen in de dekstoelen te zonnen en te roken, omsloten door diepgroene golven en een strakblauwe lucht. Er kon ons, afgezien van een Titaniciaanse ramp, zo goed als niets overkomen.

Het zal verbeelding zijn, maar de aanblik van die stalen wanden hier in de koelcel doet zelfs een dode rillen. Het begint me zo langzamerhand behoorlijk de keel uit te hangen. Geen mens natuurlijk die zich ooit met het zich doodvervelen van een zojuist overledene bezig heeft gehouden, van nazorg kan in deze branche geen sprake zijn, dat begrijp ik wel, maar het lijkt er nog het meeste op of je met twee benen in het gips op zaal ligt en dat door een of andere ongelukkige storing de radio, de televisie en de voorleesmoeders zijn uitgevallen. Er heerst hier algehele wetteloosheid en ik zal maar niet omschrijven hoe wanhopig ik daarvan word. Het bestaat dus: een wanhopige dode, ik merk het nu ook voor het eerst.

Een heel ander verschijnsel is dat de gedachte aan eten steeds bij me opkomt nu ik er niks meer aan heb. Nutteloze diners trekken langs, heerlijke recepten voor kwarktaart en geroosterde eend, gevulde milt of haring-bietensalade. De gedachte aan die gerechten die ik zo graag maakte wordt kennelijk niet, zoals je zou verwachten, in één keer afgekapt, maar neemt juist een verhevigde vorm aan, waarschijnlijk de voor andere overledenen bekende zelfkwelling over het graf heen. Ik begin te vermoeden dat sterven een kwestie van schillen is, leven kun je het met goed fatsoen misschien niet meer noemen, maar 'boem-weg' is al te boud. Laag voor laag word je uitgekleed. Is dat waarom ze het afleggen noemen? Wie weet wat de Grote Tovenaar nog allemaal voor me in zijn mouw verborgen houdt.

Het gaat met een vreselijk kabaal gepaard. Eindelijk zijn ze me dan komen halen. Het luik aan mijn hoofdeind wordt opengedaan, er valt een schel licht naar binnen, ik voel mezelf dampen en opwarmen en dan trekken ze me met een lange zwier uit mijn lade, ik word duizelig. Meteen merk je het verschil, als een pauwenstaart die openklapt, even weg uit die benauwenis, je haalt opgelucht adem, je verwelkomt de wereld.

Zwijgend rijden we over een gang die eindeloos lijkt, een van de wieltjes moet nodig gesmeerd worden, het brengt een onaangenaam geluid voort als van een kreupel fietsje, niet iets dat je als laatste herinnering wilt. Een van de duwers frommelt intussen aan de sjaal die ze me omgedaan hebben. Die camoufleert de steun waarmee de kaak verankerd wordt, zodat je mond niet van verbazing openzakt onder deze perverse vertoning.

– Komt Rens of Frank?
– Dit is mevrouw... Weller. Voor één uur.
– Rens komt er zo aan.
– Ze moet wel even opgewerkt, 't is toch bijna weer allemaal weggezakt.

Weggezakt en opgewerkt en dat op mijn leeftijd. Is dit dan een van die echtparen die het moderne begraven tot zijn professie gemaakt heeft? Hij in het donkerblauw met wijkende haarlijn en hangsnor en zij in hel korenblauw op oranjeroze hakken met een hard golfje op de plek van haar geëpileerde wenkbrauwen? Godzijdank een gewoon weerzinwekkend paar, zij een gebeitelde glimlach, hij geitachtig kieskauwend op de plaats rust met de knuisten voor het kruis.

– Hallo!
– Rens! Nog net op tijd.
– File... Ik zie het al...
– Ja, je ziet het, hier... uitgezakt, spots hier en hier, en de handen. We hebben een beetje haast, het is voor één uur, zie je.
– Vertel mij wat.
– Doe ik ook, doe ik, lippen graag bijpunten...

Ze zegt 'lip-pun' en 'bij-puntun'. De mannelijke helft van het graafwezenpaar houdt wijselijk zijn mond. Hij denkt wellicht aan de sloot waarin hij zich straks gaat verzuipen.

Dood of niet, ik heb dit allemaal nooit gewild, maar het moet gezegd: Rens trekt alles vlotjes recht, klapje tegen de voetzolen zodat de muiltjes niet uitvallen, voeten parallel, rokzoom naar beneden, poudre, rouge met het kwastje, lippen bijstiften, koontjes. Alles volgens de regelen der opbaarkunst. Mammie wordt mummie, nou, zand erover.

En voort gaat de tocht, nu rijden we weer piepend een gang door tot in de gewijde ruimte, de akoestiek is hier beduidend doffer en ze praten op een gedempte toon. Ze pakken me op en leggen me in de kist, eindelijk, eindelijk een zachte ondergrond, op satijn. Ik ben nooit erg kampeerderig geweest maar dit moet op het liggen in een tent lijken. Die rust.

– Laat nou de kat maar komme.

Een van de kraaien zeker.

– Nou wijfie, je leg er schitterend bij, niks te klagen of te vragen? Mooi dan. Ik sta bij de poort, dus als je wat van me nodig heb, dan roep je maar.

Hij lacht zo diep dat hij ervan moet hoesten, de emfyseemlijder. Ik houd van de geur van tabaksrook, m'n vader... maar dat vertelde ik al.

Eens zien wie er straks allemaal over de rand komen kijken. Ik verwacht er niet veel van. Ik houd zelf eerlijk gezegd helemaal niet van opbaringen, ging er al nooit heen, een spookachtig gedoe vind ik het, barbaars, middeleeuws. Ik heb er niet voor gekozen, dat heeft m'n kind denk ik gedaan, *for sentimental reasons*. Maar ik heb natuurlijk nooit eerder geweten dat een dode je kon horen. Of is dat een speling van de natuur die alleen mij getroffen heeft? Als het dan toch moet en je ligt er een beetje goed bij, de sfeer is goed... Waarom is het zo stil? Of doen ze niet aan muziek in rouwkamers? Beetje Bach of Abba, Xenakis voor mijn part. Je moet alles zelf beslissen. Ik bedoel, de familie mag haar wensen toch kenbaar maken? Je schijnt tegenwoordig een dierbare dode op een ijsbed bij je in de keuken te mogen houden om er met de familie Chinees omheen te kunnen eten. Nu ja, ik hecht niet aan decorum, vroeger paste ik me in schijn wel aan de heersende mores aan, maar vanbinnen ben ik altijd de rebel gebleven die ik op m'n elfde al was. 'Rebel', dat woord klinkt goed, nietwaar? 'Rebellenleider' klinkt nog mooier, dat heb ik altijd een prachtig woord gevonden, vooral als de nieuwslezers op de televisie het uitspreken. Ik kan verliefd worden op sommige woorden. En op sommige nieuwslezers. En op sommige journalisten.

5

Rosa, Ro Muller was ik, beeldhouwster, getrouwd met Rudi Weller, architect. We hadden Ingi, onze dochter, een stug, wild, mooi kind, zoals ik zelf ook moet zijn geweest. Maar wie ik nu ben, zoveel jaren verder... Ik, die zoveel meer weet dan toen. Levens die eigenlijk niet met elkaar te rijmen zijn... Toch moet het één leven geweest zijn, mijn leven. Het lijkt alleen oneindig wazig en onbenoembaar. Er bestaan bewijzen, filmpjes of foto's uit die tijd. Ik moet maar aannemen dat ik dat ben, maar ik val niet samen met die foto's. Misschien verzint iedereen wel dat hij zo goed in een bepaalde levensfase past wanneer hij zichzelf op foto of film in een ander tijdperk terugziet, misschien schaamt hij zich omdat hij niets van zichzelf herkent en dat niet wil weten. Maar we worden, geloof ik, steeds een ander, ongemerkt, zoals een slang achteloos zijn oude huid achterlaat. Mensen geven het alleen niet graag toe en ons ontbreekt de tastbaarheid van zo'n achtergelaten huls. De meesten van ons lopen nonchalant langs de rand van een of ander zwembad, onze ogen overal om te zorgen dat we er niet in vallen, zodat niemand erachter komt dat we eigenlijk niet kunnen zwemmen, daarom lopen we zo luchtig langs die afgrond, dat is het beste beeld voor ons leven. En we hopen maar dat niemand ons een plagerige of gemene stoot geeft. Daarom sla ik zogenaamd mijn ogen neer en houd toch om me heen alles heel goed in de gaten. Ik weet ook wel dat het in werkelijkheid helemaal niet om de rand van een zwembad handelt, maar om de oever van een snelstromende donkere rivier die allerlei geheimen en grote gevaren in zich draagt en mij dreigt mee te sleuren.

Hoe oud waren we, Rudi en ik? Dertig? Met een air alsof we niet anders gewend zijn, nemen we onze intrek in het Passanggrahan, het doorgangshotel voor immigranten op Curaçao. In de kamer staat een biezen wieg klaar voor Ingi. Rudi is door zijn studiegenoot Ben Tak gevraagd om als jonge, veelbelovende architect plannen te maken voor verfrissende moderne bouw op dit koloniale eiland. Ben en zijn vrouw Livia verwelkomen ons en zorgen goed voor ons.

De hitte van Curaçao eist een heel ander levensritme. Eerst heb je dat nog niet door, als alles nieuw is, je de mensen en het eiland nog moet verkennen. Je bent jong en je zuigt het volle leven om je heen op. Maar na enkele weken al word je gestraft met een onverklaarbare vermoeidheid en prikkende ogen. De mensen die hier al jaren wonen, personeel en winkeliers, herkennen je vaalglimmende gezicht en de goudgele kringen onder je ogen. Rustig aan! roepen ze, dat kan hier echt niet, zet je klok terug, als je dat niet doet houd je het hier geen halfjaar uit, de hitte zal je nekken en je zult alleen nog maar naar de sneeuw in je land van herkomst snakken. Maar geef je je over aan de hitteduivel, ga maar gewoon voor hem door de knieën, dan zul je zien dat je je beter voelt in dat rijk van hem, je past je aan om hem af en toe ook te slim af te zijn. Heel je longenstelsel, je delicate hart, je stroperige bloed moet aan de tropen gewend raken als aan nieuwe schoenen. *Easy does it.* Maak je niet overal zo druk om, de hitteduivel zal je anders halen, je belandt in het ziekenhuis, en gebroken wit als je laken en met je voeten vooruit zul je dit mooie eiland moeten verlaten. Dus nee, span je niet overmatig in, slaap veel, rust uit, drink veel fris limoensap aangelengd met ijskoud water en wind je hart niet onnodig op met akkefietjes die je niet aangaan, eet watermeloen maar pas op de pitjes, zoals ze hier zeggen, spuug ze niet in andermans tuin, neem maar van me aan dat je rug door Onze Goede Heer ontworpen is om mee achterover te leunen...

De passaat waait mijn haren los, ik sta in een door de wind opgebolde jurk op de kade en heb Ingi op m'n arm. Rudi filmt ons en de huizen op de kade... Ik herken mezelf niet. Het geluk bijt ons in de vorm van een mond vol zonnestralen tegemoet, ik houd een afschermende hand boven m'n ogen, terwijl achter onze rug de schaduw van een cruiseschip langs glijdt. Rudi is trots op zijn nieuwe Bell&Howell-camera uit New York. Ik heb ook een keer een opname gemaakt van het zeilen in de baai, Rudi en Bob met hun gebruinde koppen en achter hen de lichtblauwe schittering van de zee.

Vanaf de Kroonheuvel zie je beneden in een doornstruiksavanne Villa Elsa liggen. Met het blote oog valt van die afstand het bordes met het rode marmer en de smalle pilaren niet te onderscheiden, maar het felle zonlicht weerkaatst de okerkleurige muren van het huis. De gestaag draaiende metalen wieken van de watermolen blikkeren.

Hoewel er nog geen overeenkomst is getekend, heeft de makelaar ons dat huis beloofd. Maar als we er op het afgesproken tijdstip met onze spullen verschijnen, komt hij niet opdagen. Intussen lopen we om het huis en over het terrein en kunnen ons geluk niet op – vijf hectare grond, zoveel ruimte alleen voor ons drieën.

Na ruim anderhalf uur wachten tikt Rudi met zijn sleutelbos een ruitje van de zijdeur in. We schuiven de scherven aan de kant en sluipen door het lege huis met zijn hoge plafonds. Een stadsvilla, daarop lijkt het nog het meest.

Op zijn okeren pastelkleur aan de buitenkant na heeft het trekken van de Amsterdamse Schoolstijl, een van de redenen waarom Rudi het wil kopen. We openen de deuren naar het bordes, hagedissen stuiven in paniek alle kanten op. Met Ingi op mijn arm dwaal ik door de hoge kamers. De vorige bewoners hebben een lange eettafel en mooie gebeeldhouwde boekenkasten van donker, bijna zwart hout achtergelaten. Elke kamer, zelfs de badkamer en de keuken, heeft uitzicht op de *mondi*, de ongerepte woeste grond rondom het huis. Ik adem de lauwe buitenlucht in, die mijn neus prikkelt met een onbekende geur van de struiken of de planten. Ik weet niet wat me overkomt, deze rijkdom, zoveel vrijheid.

Uit een krachtige loudspeaker op datzelfde bordes klinkt Bachs Matthäus Passion voor een vijfenzeventigkoppig publiek van liefhebbers.

Zoals ons door Ben is aangeraden hebben we ons algauw na onze aankomst aangesloten bij de Moderne Muziek Kring – geestdriftig gedreven door een paar Hollanders. Het blijkt de sociale contacten op te leveren die op een klein eiland als dit van levensbelang zijn. We maken vrienden en nemen op die manier vanzelfsprekend deel aan het societyleven.

De buiten-Matthäus is Rudi's idee geweest. Als een vrolijk glinsterende kermis staan er wel dertig geparkeerde auto's in alle kleuren in een glooiende lijn langs de Kroonheuvel. We verwelkomen bekenden, stellen voor en worden voorgesteld, iedereen even onberispelijk gekleed voor de gelegenheid – een paar vrouwen in de laatste mode uit New York, mannen in fijne, met de hand gemaakte witlinnen pakken, een opvallende vrouw in een wijduitstaande witte jurk met grote rode ballen, een ander gesoigneerd in kokerrok met zwart-gele strepen. Rudi controleert een paar keer de grammofoonnaald op aanhangend stof. Als iedereen een stoel in de tuin heeft gevonden, met doorslagen van een door mij overgetikt achtergrondverhaal bij de Matthäus in de hand, sommigen met een tekstboek uit eigen bezit, houdt Rudi, die zoals te begrijpen een tikje gespannen is, een korte toespraak om de universele waarde van Bachs Matthäus Passion toe te lichten. Ik sta aan de zijkant en houd Gwenny, onze onmisbare hulp die de limonade serveert, in het oog. Pas als iedereen een glas heeft kan Rudi de naald laten zakken.

In deze minuut voor aanvang gebeurt het dat ik al rondkijkend blijf haken aan een brede glimlach van Bob Krone, die ik dan nog niet bij naam ken.

Zijn glimlach wordt breder en trager en rolt naar me toe. Het is net als de verlangzamende beweging die ik eens als kind ervaren heb toen ik met mijn fiets viel en tegen een balustrade aan dreigde te schuiven. Terwijl ik mijn fiets onder mij vandaan zag schuiven, doemde vóór mij de uitdijende balustrade op, maar door een vreemde vertraging in mijn hersenen had ik alle tijd om te beseffen wat er stond te gebeuren. In werkelijkheid kon de hele manoeuvre maar enkele seconden hebben geduurd, maar in mijn beleving was het eindeloos, lang genoeg om mijn armen boven m'n hoofd te heffen en mijn handen om de balustrade te slaan en zo mijn val te stuiten.

De begintonen van de Matthäus klinken. Ik zie Rudi van het bordes stappen en op de eerste rij gaan zitten. Het geluid staat op orkeststerkte en het publiek op de klapstoelen luistert aandachtig naar Bach, die naar alle kanten uitwaaiert boven de droge grond, over doornstruiken, cacteeën en palmen heen, de mondi in.

Ik zoek nog even naar die glimlach van daarnet, maar kan hem niet meer vinden.

Zelden dienen elektrificerende vriendschappen zich zo aan: als na een aanvaring met een sidderrog. Zo verging het mij met Ro Weller. Verlamd moest ik even bijkomen.

De eerste aanblik geeft een schok. Een aangename schicht door je borst. Een blik, een schouder, huid, handen, haar. Of een gelakte teennagel, een voet. Ik ben nogal licht ontvlambaar, noem het hoe je wilt. Het is onrust, het houdt je vast en dwingt je te kijken naar een gladde bruine schouder met het kleine litteken van een waterpok, een close-up die zich aan je netvlies hecht, je binnenste laat sidderen om je daarna des te heviger te laten hunkeren. Een gevaarlijke kracht, een nietsontziende tiran die lichaam en geest treitert en gek maakt. Iemand die behept is met zo'n bliksemsinslag is geen gelukkig man, maar een slaaf. Een hunkerende, aan wiens lijden maar op één manier een eind gemaakt kan worden...

6

De portier staat al een kwartier stoephoerend bij de deur. Ik word nu wel een beetje zenuwachtig, stel dat er helemaal niemand komt? Wat is dit dan voor een macabere grap? Ze zullen toch wel kaartjes rondgestuurd hebben? Wat een stomvervelend wachten is dit.

Ik ben er niet zeker van of ik de tijd wel juist schat, misschien laat mijn dimensie dat niet toe, misschien zijn minuten wel uren. Maar waarom lig ik me er toch over op te winden? Kennelijk is morsdood zijn weer iets heel anders.

Behalve het hout van de kist en de onbepaalde geur van de bekleding, strijkgeur meen ik, ruik ik hém, de beer die over me waakt en die af en toe naar me komt kijken.

– Het vlot nog niet zo, dame, zeker kroegtijgers, die vrienden van je?

Zijn rotte adem vliegt mijn neusgaten in, maar het kan me niks schelen. Beter dat dan doodblijven in de geur van kunstbloemen, laat hem rustig stinken in mijn nabijheid, mij een biet.

Ik ruik überhaupt steeds meer, nu aardbeien en appels, die zullen ze toch niet voor de gasten neergezet hebben? Een rouwboeket? Lichtlilagrijs en donkerwaterblauw. Hallucinaties? Heeft Rens soms kauwgum onder mijn kist geplakt, een zoetgeurende biggetjesroze Kilimanjaro? Soms schijnt er een goudgeel licht dat op brokaat lijkt, want er zitten hele kleine zilveren en gouden draadjes doorheen gewerkt... Ongehoord, kleuren en geuren na je dood.

Ik ben zo bang geweest voor die ene liefde die zo groot was dat ik er tijdens mijn leven nooit meer over heb durven denken. Af en toe vloog me een flard van liefde aan die zo verzengend was dat ik dacht dat ik er gek van werd. En later, toen de onmiddellijke dreiging geweken was, durfde ik er niet meer aan te denken uit angst voor de grootsheid ervan, die me nogmaals zou kunnen overweldigen. Ik was bang dat ik er nooit meer van af zou raken.

Maar nu, nu ik toch dood ben, kan ik er wel weer eens aan terug gaan denken, hoe die liefde ontstond, naderbij kwam en bezit van me nam. Ik heb het nooit meer zo ervaren, de kracht van zo'n grote liefde voor een ander. Een zoete pijn in mijn borst, onder het borstbeen. In de zonnevlecht, daar is die liefde van mij zich gaan nestelen en daar leeft en heerst die tot op de dag van vandaag als een kleine kluizenaar.

7

Als ik hem een hand geef, gaat er een kleine trilling door me heen, zo eentje als ik als klein kind na een heftige huilbui had, een niet te onderdrukken sidderende spiraal die van mijn keel tot in mijn buik reikt en daar natrilt. We herkennen elkaar meteen. Bob Krone houdt mijn hand vast en ik kan de zachtheid van zijn hand nu nog oproepen. Onze trouwringen raken elkaar even.

We zijn op de CZC, de Curaçao Zeil Club. Rudi en Ben Tak zijn erbij, we zitten aan het water en drinken gin-tonics en Johnnie Walkers on the rocks. Bob schudt iedereen de hand en schuift aan. Het is alweer een tijd geleden dat we elkaar zagen op de Matthäusmiddag bij ons thuis.

Ben introduceert Bob, hij schrijft voor de *Curaçao Herald*, 'een wereldkrant', volgens hemzelf. Hij is journalist, op Curaçao geboren en heeft altijd op het eiland gewoond. Ook heeft hij een tijd in Zuid-Amerika gezeten, hij kent die wanordelijke hartstocht daar – schietgraag, revolutiegeil, lui en gek op scherpe drankjes.

Minuscule zweetdruppels staan boven zijn lip en op de gladgeschoren, gebronsde huid van zijn wangen. Ik ben bang me niet te kunnen beheersen en uit te voeren wat in een flits in m'n hoofd opkomt: die zweetdruppeltjes met één haal van mijn tong weg te likken. Die dwanggedachte is me bijgebleven. Eén lik. Maar ik ben een getrouwde vrouw, mijn man zit naast me, we drinken wat met vrienden in een ordentelijke club, dan dien je je te beheersen.

Ro Weller komt geregeld in de Bovenstad want zij is dol op de markt. Ze heeft een zilvergrijze Chevy met sportvelgen en witte banden, die pik je er zo uit, waar zij ook is. Hoe ik dat allemaal weet? Wie achter de dingen wil komen, moet lang en geduldig bij zijn onderwerp stilstaan.

Rudi Weller heeft een zwarte Oldsmobile, die staat altijd voor zijn kantoor in de Bovenstad. Hij draait 's ochtends om precies acht uur de Havenkade op en om twaalf uur gaat hij in de buurt lunchen. Om één uur, als iedereen thuis siësta houdt, begint hij alweer. Ik heb het als een plichtsgetrouwe journalist bestudeerd, zou je denken, maar die tijden staan gewoon voor ieder die het weten wil vermeld op het bordje aan de gevel van het kantoor 'Tak & Weller architecten, kantooruren: 8-12, 13-18'. Hier wordt hard gewerkt.

Vaak zie je Tak en Weller door de Boven- of Benedenstad lopen, de kleine drukke jood wijzend en gesticulerend naar gevels en Weller daar knikkend en rijzig naast. Veel stadsbewoners kennen Weller inmiddels als architect van moderne gebouwen en villa's met een volkomen origineel signatuur.

Ik was al een keer bij de Wellers, op een muziekmiddag in Villa Elsa. Maar ik heb ze pas echt via Ben Tak ontmoet op de zeilclub, of moet ik zeggen onze gezelligheidsclub, want hoewel er door deze of gene in de baai gezeild werd, waren de whisky's achteraf geen nare verplichting. Ik was toen net terug uit Antigua, waar ik een opstand van de inlandse bevolking observeerde, onder het mom het dagelijks leven van de reuzenleguaan bloot te leggen.

Die ontmoeting op de Curaçao Zeil Club met de Wellers gaf een onverwachte wending, of beter een suizende zwiep aan mijn leven, die andere, banalere feiten in rook heeft doen opgaan. Als ik aan die tijd denk is het altijd met Ro op mijn netvlies. Ik vergat dat ik getrouwd was, ik vergat Helen, Ralf en Randy, ik vergat mijn thuis. Ik werd een ander.

Eerst moest ik de vriendschap van beide echtelieden zien te veroveren, mijn hersens werkten op volle toeren. Het moest allemaal een beetje overrompelend gebeuren, want heel lang wachten kon ik niet, daar was die ontmoeting te geladen voor geweest. Denk niet dat liefde met voorbedachten rade betekent dat het minder serieus is, integendeel, ik ben ervan overtuigd dat hoe meer er geensceneerd wordt, des te serieuzer de liefde is.

Ik ben hier onder de zon geboren en ik heb mezelf nooit lelijk gevonden, vrouwen hebben ook nooit over mij geklaagd, maar een latin lover ben ik niet, zo eentje met blote voeten in glimmende instapschoentjes die de hele tijd zijn buik staat in te houden, nee. Ik heb een gemoedelijke uitstraling, vrouwen voelen zich bij mij gauw op hun gemak. En ik moet bekennen dat ik woorden ken die iemand anders slijmerig zou noemen, maar die hun uitwerking nooit missen. Ik zeg ze zacht en, erger nog, ik meen ze.

De redactie van mijn krant lag niet ver van Rudi's kantoor aan de kade, 'ver' is overigens een begrip dat binnen de kustlijn van dit eiland niet bestaat. Rudi en ik liepen op weg naar de lunch in Soda Fountain te praten toen ik ineens vanuit mijn ooghoek een vrachtwagen met zwaaiende dekken op ons af zag suizen. In een reflex trok ik Rudi aan de rug van zijn hemd mee een steeg in. De vrachtwagen ramde de pui waar wij net nog liepen en kwam daar rokend tot stilstand. Wasbleek lagen we op straat. We hijgden allebei nog na van de angst en van wat er had kunnen gebeuren.

– Je hebt me gered, zei hij.
– Instinct, zei ik.
– Nee Bob, je hebt m'n leven gered.

Nog geen week later kreeg ik van hem een schitterend Omega-horloge met op de achterkant de inscriptie: 'Voor BK, de man die mijn leven redde. RW'.

Er is vast veel literatuur over avontuurlijke mannenvriendschappen, maar zodra je erover begint krijgt het onderwerp algauw connotaties die uitgesproken erotisch ingestelde mannen met een groot ego buitengewoon irriteren, misschien omdat de gedachte aan verborgen homoseksualiteit erdoorheen siepelt. En dat is wel het allerlaatste waar een doorgewinterde macho in dit deel van de wereld mee geconfronteerd wenst te worden. Ik heb er geen problemen mee, ik ben hier opgegroeid. Ik omhels de mannen precies zoals de zwarten dat doen. Dat is hier de cultuur en met homoseksualiteit heeft dat, dacht ik, niet veel te maken.

Nadat ik zijn leven had gered, werd onze vriendschap hechter. Rudi vertelde dat hij een belangrijke internationale prijs uit New York, de Rothschild Architectuurprijs, in de wacht wilde slepen. Hij werkte hard aan het schetsontwerp, dat hij binnen een paar weken af moest hebben. Egon Fleischer, de bekende weldoener die overal op de eilanden ziekenhuizen en scholen liet bouwen, had beloofd voor hem te ijveren als voornaamste kanshebber van alle eilanden binnen het Verband van de Cariben. Rudi werkte er dag en nacht aan, vertelde hij, de opdracht ging om een modern ontwerp voor een stijlvol strandhotel. Het idee zou grote investeerders moeten aantrekken, de uitstraling van het hotel moest exclusief zijn. Egon Fleischer zelf was bereid de helft van de bouwkosten te betalen, zodat hij zich de grooteigenaar van het hotel, dat het Rothschild Fleischer Resort zou moeten gaan heten, kon noemen. De mede-opdrachtgever, Aron Rothschild uit New York, financierde de andere helft en de eindkosten. Egon Fleischer en hij waren van plan wereldleiders uit te nodigen die hun hotel wereldberoemd zouden gaan maken, een luxe-conferentieoord waar vrede gesticht werd onder het genot van de rumpunch, waar dictators en democratische presidenten elkaar op het terras van het Rothschild Fleischer in stijl en in alle ontspannenheid zouden ontmoeten en alleen al die dialogen zouden de kiem tot wereldvrede in zich kunnen dragen. Internationaal befaamde kunstenaars zouden de beeldentuin van het hotel vullen met het modernste van het modernste. Als pièce de résistance zou een mozaïek of schildering in de hal van de receptie worden gemaakt door een schilder van de abstracte school, misschien Jackson Pollock, Willem de Kooning of Karel Appel.

Ik kende Villa Elsa al, de vorige bewoner was een bekende tandarts op het eiland. Het is een mooie geelkleurige villa met een terrein met grote palmen eromheen. De palmen hier op het eiland zijn overigens geïmporteerd, maar bijna niemand die dat weet, een mens leeft tenslotte van zijn illusies. Ze hebben een tuinman die het terrein vrijhoudt – op Curaçao is het zo droog dat je eigenlijk niet van tuinieren kunt spreken. Hier groeien alleen dappere doornige planten zoals cactus, agave en struiken die we hier 'Jezustakken' noemen, de geiten knabbelen eraan en halen hun lippen er niet eens aan open. Ik heb een verrekijker in de auto liggen en dan zie je heel soms dingen die niet voor jouw ogen bedoeld zijn. Ik heb dat huis vanaf de Kroon wel eens bekeken en Ro Weller daar zien rondlopen. Ze droeg een *polkadot* zwempak, eentje met een strik in de nek. Heel koket.

Het was de eerste keer dat de Wellers meezeilden en ik moest me aan Ro van mijn beste kant laten zien. Ik was erg zenuwachtig, maakte een klapgijp en liet een keer het grootschoot uit mijn handen glippen – maar toch niet zo dat ik alle regels van de stuurmanskunst vergat en ons allemaal in gevaar bracht. Hoewel ik dat graag had gewild, zodat ik de overige passagiers behalve Ro kon laten verzuipen. Wie zwemmen kon zou door mij vrij hard met een spaan op zijn kop worden geslagen.

Rudi had zich comfortabel op de ene bank genesteld in een quasi-kapiteinspak, hij droeg een donkerblauwe short, bootschoenen met blauwe ankertjes en had zijn witte overhemd uitgetrokken. Hij had een goeie haardos op zijn hoofd, maar op zijn bast was hij maagdelijk, waardoor zijn lichtelijke kippenborst je niet kon ontgaan, zijn armen waren daarentegen weer gespierder dan je zou vermoeden. Bij mij begon het allemaal wat te hangen, de vetkussentjes bloesden vrolijk over de rand. Ro kon je een aardappelzak omhangen en nog stond het allerelegantst. Over haar zwempak droeg ze een gebatikte omslagjurk, exotisch pompoenoranje met aubergine motieven, witte gympjes, en ze had zeer, zeer bruine benen en armen. Ik zou hier aan boord wel een modeshow kunnen beginnen. De twee Wellers met hun zonnebrillen straalden iets van jetset uit, de knapperiken, de beloftevollen. Van kaaskoppen kon geen sprake zijn. Vergeleken met hun frisheid was ik een verlopen zwerfhond, hoewel dokter Stein na diepgravend onderzoek onlangs mijn lever wonderlijk genoeg in een zeer goede staat had bevonden. Maar hier, midden op de dag, met al het zout van de zee om me heen, met het idiote idee dat ik het in de kuip van een zeilboot uit zou kunnen houden om een paar uur in de fysieke nabijheid van Ro te zijn zonder krankzinnig te worden, redde ik het zonder drank niet meer. Daarom deed ik naar Oudhollands gebruik een greep onder de bank en vond de trouwe fles cognac die daar op mij lag te wachten.

Op de krant kan ik me, niet onbegrijpelijk, moeilijk concentreren op mijn artikelen. Telkens schemert Ro's prachtige gezicht tussen de toetsen van mijn Olivetti door, een nevelige verschijning zoals religieuze fanaten die wel beschrijven. Urenlang tolt ze rond langs de wanden van mijn hoofd, tot ik haar er met geweld uit moet verjagen. Water, veel water drinken helpt. Het tintelt in mijn lendenen en duizelt me alleen al bij het horen van haar naam. Ik, idioot, omhels 's nachts Helen in de hoop dat ze in Ro veranderd is. 's Ochtends is Ro's verschijning weer het eerste dat me voor ogen komt, als een verse wond. Kon ik de hond aan haar voeten maar zijn, de stof van haar jurk, de zitting van haar stoel.

8

Villa Elsa is ons stijlvol paradijsje met airconditioning in de slaapkamer, hoewel ik de wind van de passaat prefereer. Als je bovenop de Kroon staat kun je ons huis zien liggen, de palmen, de garage voor de auto's en het overdekte waterreservoir om in te zwemmen. Met een verrekijker zou je net kunnen zien hoe Antonio, onze Portugese tuinman, iets van de droge tuin probeert te maken, terwijl Ingi en ik houten puzzels maken op de *porch*, Ingi in een witte onderbroek en met een houten kralenketting om die ze zelf geregen heeft. Na de puzzel wil ze met haar hoofd in mijn schoot of met haar blote rug op de koele tegels liggen.

Loom gaan die middagen om, met het zachte getinkel van ijsblokjes in de karaf citroenlimonade, het af en toe onheilspellend ritselen van de bladeren van de palmen die als éénbenige dinosaurussen op het erf staan.

Gelijke dagen breng ik soezend door op de rotan ligstoel, de wind strijkt langs m'n wangen, m'n ogen gesloten, en op een wit binnendoek worden filmbeelden geprojecteerd. De zee en mijn minnaar, liefst samen, wij op de zeilboot in de baai. De zon onbarmhartig op m'n jukbeenderen, het zoute van de zee, volle zeelucht in m'n longen. Overstag met mijn geliefde. 'Klaar om te wenden? Ree!'

Daar lig ik in de rotan stoel op mijn eigen stille veranda, met niets dan een glas limonade om te omhelzen. Je huwelijk is *on the rocks*, zal ik later tegen mezelf zeggen. Ik heb het gekraak gehoord, ja, hoe de rots het hout van de romp doorboort, maar het is een traag gekraak, alsof het op een bandrecorder opgenomen is en te langzaam wordt afgedraaid. Zo lopen sommige huwelijken op de klippen. En zo spatten kristallen bollen uiteen, scherven overal. Pas maar op, Ingi, met je blote voeten...

Rudi werkt hard, dat moet ook wel, want hij en Ben Tak kunnen de opdrachten maar net aan. Ze zijn fanatiek, die twee, nemen nauwelijks de tijd om te lunchen en pas aan het einde van de week gaan ze wat drinken op de zeilclub of in de bar van Hotel Osborn, waar een knappe jonge eilander een soort watervalmuziek op de piano speelt, muziek die als koude zweetdruppeltjes je rug kietelt.

Om zeven uur moet ik Ingi naar school brengen. De school begint vanwege de tropenhitte vroeg. Sinds onze aankomst ben ik 's ochtends vaak naar de markt in de Bovenstad gegaan om groenten en vis te kopen en om op die manier mijn eerste woorden van de eilandtaal te leren. De mannen onder de verkopers blijven altijd heel serieus, wijzen aan en spreken alles één keer krachtig uit, de jonge vrouwen moeten vaak verlegen lachen, zeggen eerst niks, maar beginnen dan langzaam alle vreemde gewassen te betasten en te benoemen en de ouderen spreken de namen ervan overdreven voor me uit. De oudste verkoopsters tillen een kalebas of een ander gewas op of het hun eigen kleinkind is, houden hem tegen hun wang en zeggen dan 'yaa-ambo' of 'pompoe-oen' of 'waa-armoes'... En vanuit een kraampje daarachter schreeuwt een ander ondertussen wat die witte vrouw van ze moet en ze lachen en gooien achteloos een kreet over hun schouders en de meesten zijn heel behulpzaam en leggen streng in vlekkeloos ambtenaren-Hollands uit hoe je die en die groente moet schoonmaken en hoe lang je hem moet koken, en meer van die nuttige tips.

Ik voelde me bij hen onmiddellijk op m'n gemak, dat wilde ik graag, maar op een of andere manier, hoe vriendelijk ze ook tegen me waren, bewaarden ze altijd een afstand om je te laten merken dat, hoewel ze me aardig vonden, ik toch niet een van hen was, hoe Ambresolairebruin mijn huid ook zo langzamerhand begon te worden, hoe ik ook een volgende keer vaak de juiste benaming bij de juiste groente gaf, want ik noteerde die namen en leerde ze uit m'n hoofd. Er was in die vrouwen een natuurlijk soort trots en die leek een subtiele verachting uit te stralen, de verachting voor nazaten van slavenhandelaren: als iemand het nog één keer in de geschiedenis in zijn hoofd haalt om ons als slaven te gebruiken, dan kan diegene zijn gang gaan, want wij zijn toch niet tegen zijn geweld opgewassen als hij hier met zijn overmacht voor onze huizen staat, maar vanaf dan kan hij rekenen op deze blik, niet kil of kwaad, dat zou te veel eer zijn, nee, de blik van vederlichte minachting.

De verkoopster legt een oranje fleskalebas voorzichtig terug in de kartonnen doos bij de andere. Bij een latere gelegenheid zal ik me die poeders en de drankjes, die de groentevrouw ook verkoopt, herinneren waarmee minnaars gunstig gestemd raken (je moet het poeder koken in je eigen urine en hem dat ongemerkt laten drinken) of de kaarsen waarmee je je overspelige echtgenoot kunt pijnigen, de zeep tegen jaloezie of de druppels voor geluk.

Rudi en ik tennissen en sinds kort schermen we met Olga en Leo Herris. Veel mensen doen aan schermen, sinds een Hollandse officier deze sport tijdens de oorlog op het eiland introduceerde en Leo er de club Touché! voor in het leven riep.

Ik had me algauw aangesloten bij een aantal vrouwen dat een leeskring heeft opgericht, we zitten om de week in onze tuinen en drinken ijsthee en lezen Virginia Woolf, Graham Greene, Somerset Maugham, toneelstukken van Noel Coward, gedichten van Marianne Moore, e.e. cummings, Emily Dickinson, 'I held a Jewel in my fingers – /And went to sleep – / The day was warm, and the winds were prosy – / I said "Twill keep" – / I woke – and chid my honest fingers, / The Gem was gone – /And now, an Amethyst remembrance / Is all I own – '

De vriendinnen laat ik bij mij thuis op de porch elkaars koppen boetseren, de klei droogt in de warmte gauw, snel werken, karaktertrekken kneden, uitvergroten, onbarmhartig soms. Daar ben ik op mijn plek, in m'n vuile schort met de klei onder m'n nagels, de voldoening als ik Irene en Selma en Tita met hun handen kan leren denken, *ladies*-handen die doorgaans niet zo vuil worden, maar nu valt er plotseling zinnelijk plezier aan te beleven. Naderhand drinken we rum-cola's onder het genot van wat onschuldige roddel en sigaretten, en lichtelijk aangeschoten verdwijnen ze weer, in hun smetteloze zomerjurken, hun smerige kleischorten als rolletjes onder hun oksel – vroemm – in hun grote volautomatische Amerikanen naar man en smachtend kroost.

Iedere week is er wel een verjaardag, picknick of moonlight party met nachtzwemmen. Voor kinderpartijtjes zijn de moeders wekenlang bezig de piñata te maken, een pop van papier-maché gevuld met snoepjes, die de kinderen er alleen uit krijgen als ze de pop hard met stokken stukslaan. Iedereen maakt de heerlijkste taarten, bolo en citroenmerengue, en altijd is het een complete *dress parade*, een feest is dé gelegenheid voor de vrouwen om hun nieuwste jurk te showen. Er is grove concurrentie op dit eiland om de mooiste en modernste jurk, modellen worden overgevlogen uit New York, modetijdschriften worden bestudeerd als de talmoed. Wie rijk is koopt bij Casa Amarilla of La Modernista, je hoeft niet eens naar de zaak zelf om te passen, o nee, een chauffeur komt de prachtige dozen met de in vloeipapier gewikkelde jurken thuis afleveren. Grootmoeders en zusters geven commentaar op de creatie die de draagster in spe uitentreuren in de gang van het huis moet showen. Anderen zijn zelf handig of hebben een begaafde naaister in de huishouding. Een verpletterende jurk kun je maar één keer dragen, dus op de juiste keuze komt het aan. Een eeuwenoude hofcultuur woedt in volle hevigheid in dit tropenparadijs.

We zijn uitgenodigd bij Edita en Mordy de Sola voor hun twaalfenhalfjarig huwelijk. Heupwiegen in de zwoele buitenlucht, op beschaafde tonen van een inheems combo en de verleidelijke geur van ontelbare zacht smeulende geitensatés op een lang barbecuerek. De mannen netjes in een tropensmoking, wit jasje met zwarte broek en een *dashi di poeshi*, een vlinderdas die ze op een poezensnor vinden lijken.

Een lange tafel vol gerechten, pasteitjes, versgebakken broodjes, hoge bergen sandwiches, taarten, verse vruchtenbowl... Zonder eten kan het niet, maar zonder dansen geen feest. Edita geeft mij en Rudi af en toe dansles, ik heb haar al boetseerles aangeboden, maar dat vindt ze een smeerboel. Edita is een onvermoeibare danseres, zij begint als eerste met Mordy te dansen en je vindt haar hoogstwaarschijnlijk als laatste op de dansvloer, en nooit alleen. De drank wordt gul geschonken, gierigheid bestaat in deze kringen niet, want dat doet ze te veel denken aan de karaktertrekken van 'de mensen van de kouwe aarde', uit Holland dus, de protestanten met name. Nee, zij, de luidsprekende afstammelingen van oude Zuid-Amerikaanse en Spaans-joodse families van doktoren, bankiers en ondernemers, hun gastvrijheid is hun mooiste eigenschap, dat vinden ze zelf ook. Hun innemendheid, hun charme en hun ondernemingszin, naar eigen inzicht in willekeurig welke volgorde te plaatsen... Voor het dansen en het eten en de gesprekken op privé-feestjes lijken er tot halverwege in de avond wel etiquetteregels, maar onder invloed van de cocktails en de bowl raken de regels versoepeld en dan maken de eilandwalsen plaats voor wat meer opzwepend heupwerk. Iedereen wordt geleidelijk aan meer sexy. De muzikanten krijgen er plezier in, ik mag dat wel. Die opbouw is op elk feestje weer de kunst, als een levensgrote waaier die zich langzaam openvouwt en waar gracieus een revuemeisje uit tevoorschijn springt.

Op officiële recepties van de gouverneur luister ik naar iemand. Dan merk ik ineens dat ik alleen nog maar het gelijkmatige roezemoezen in de ruimte hoor, de sprekersstem is veranderd in een klank, een motorboot, een wiekslag. Mijn voeten raken los van de grond, mijn hoofd zweeft enkele millimeters boven mijn nek en kantelt langzaam als een poppenhoofd naar alle kanten, wat niemand merkt. Het is een aangenaam gevoel, niets betekent meer iets, niets hoeft. Het is wegglijden in de beslotenheid van mijn eigen gedachten. Mij is wel eens gezegd dat ik op zo'n moment bijna devoot kijk, misschien moet je het bête noemen. Maar als ik zo ben, niks versta van wat ze zeggen, dan ben ik eigenlijk tevreden, dan weet ik dat er nog een wereld bestaat buiten die pratende monden, die patio, die receptie waar ik elegant hangend aan Rudi's arm de mensen begroet en iedereen iedereens avondjurken met de exact bijpassende juwelen, tasjes en schoenen bewondert. Rudi, die mij hoofs bij de pols neemt, zijn andere hand losjes in m'n rug en mij voorstelt aan een collega, een hoge ambtenaar, een dokter, de rabbi of de predikant.

En me in acht nemen, dat ik door al die cocktails niet aangeschoten raak, in elk geval niet zo dat ze me weg moeten brengen, hoewel ik enorme zin krijg om me te misdragen. Maar nee, onder de diplomaten en het ambtenarencorps heerst precies diezelfde onnavolgbare gereserveerdheid als in de Britse clubs in Afrika of India, waar je wel over leest. Je gedraagt je naar je mooie cocktailjurk van sinaasappel crêpe de Chine of chocolade shantoeng en hoe warm het klimaat ook is, de mannen houden hun vlinderdasje aan en zullen, net als soldaten, nooit hun uniform uittrekken: liever dood dan in hemdsmouwen... Nog niet zo langgeleden danste ik op zo'n feest met de enige zwarte man in dit gezelschap, de door iedereen gerespecteerde oogarts Frank Perry, prachtig diep zwart is hij en oogverblindend in zijn smoking. De volgende dag kreeg Rudi telefoontjes van de oude garde op zijn office, hoe hij erbij kwam zijn vrouw met een zwarte te laten dansen... Maar dat is Frank Perry, zei Rudi verontwaardigd. Kennelijk woonden we er nog niet lang genoeg om alles te doorgronden. Ik nam me voor om op het volgende feest waar ik Frank Perry tegen zou komen hem als eerste ten dans te vragen.

Vaak beklaagde ik me na zo'n bespottelijke avond bij Rudi, die me groot gelijk gaf maar dan weer goeiig aanduidde dat je in zo'n kleine maatschappij als dit eiland niet veel anders kunt. En in al zijn grandeur en lengte zag ik bij hem dan even een hikje van onderdanigheid, een onmerkbaar lichte trek met zijn schouder.

Godzijgedanktengeprezen kon ik thuis mijn knellende muiltjes uitschoppen, een chocolaatje bij onze als een biggetje snurkende Ingischat leggen en in de ligstoel genieten van de nachtkoele tegels onder m'n naakte zolen en een glas zoutig mineraalwater met gin.

Eerst was het me niet opgevallen, maar later merkte ik dat Ingi, mijn kind, zich meer en meer in haar verbeelding terugtrok. Urenlang kon ze zichzelf bezighouden, angstaanjagend misschien. Het kind sprak met twee stoffen aapjes die Loela en Loepeti heetten en hield zich bezig met de knikkerachtbaan, waarbij de knikker er vanboven in gedaan wordt en kriskras een cakewalkachtig parcours aflegt met als apotheose de vier xylofoontreetjes onderaan, waardoor het knikkermelodietje ontstaat. We hadden een koffergrammofoontje op batterijen voor haar gekocht, een goudkleurig uitklapmodel op pootjes waar plaatjes op gedraaid konden worden.

Ze luisterde naar sprookjesplaatjes in haar huisje, de gekantelde hutkoffer waar ze dan in zat, een beetje bevangen door de weeïge mottenballenlucht, gehypnotiseerd door Repelsteeltje, een plaatje dat ze keer op keer afdraaide en waarop Repelsteel dreigende bak- en braadtaal liet horen. Ik prees me gelukkig met zo'n kind dat elke dag weer helemaal voor zichzelf de wereld uitvond.

Soms sta ik over ons glooiende terrein uit te kijken, naar de lage, droge struiken en wuivende palmen, de watermolens die knarsen als ze naar de wind toe draaien, het blauw met horizontale wolkenpartijen, weinig meer geluid dan de wind en wat ritselende blauwpoothagedisjes.

Ik strek mijn rug zover mogelijk en dan maakt zich een heel ijl gevoel van me meester, alsof ik ter plekke vervluchtig, door een sneltekenaar geschetst, ja, of ik een schets ben, gemaakt met roodbruine inkt die al tekenend oplost, eerst lichtbruin en dan ivoorgeel en dan iets dat nauwelijks nog van papier te onderscheiden is.

9

Toen, na die eerste ontmoeting op de zeilclub, ben ik hem vergeten, Bob. Of nee, ik ben niet hem, maar mijn instantverliefdheid van toen onmiddellijk vergeten, omdat die me in moeilijkheden kon brengen. Toegeven aan mijn impulsen zou hetzelfde zijn als het laken van een met kristal en porselein gedekte tafel wegtrekken. Dus moest ik hem wel vergeten, die liefde die op dat moment ontkiemde. Maar ik vergiste me in de hardnekkigheid ervan en in de wederkerigheid bij Bob. Die liefde was oneindig veel sterker dan wij, onmogelijk om te negeren, hoewel we als nietige stervelingen dat eerst nog probeerden. Maar het eiland was te klein en de goden waren te sterk, want onze wegen bleven elkaar kruisen. Ik dacht in mijn meisjesachtige naïviteit dat verliefdheid iets is als honger of gelukkig zijn, maar met die sensaties heeft het niets te maken. Het is eerder een tumorachtige slang die je lichaam langs een opening ongemerkt heeft betreden en stoffen in je aanmaakt waar je geest niet tegen bestand is.

Achteraf weet ik dat verliefdheid een zware verslaving is. Wie met singels en slingers aan iemand gebonden is, wordt door die ander voortgesleept als een slaaf. Maar wat als de ander zich door jou net zo laat voortslepen? Wat voor beweging zou dat dan opleveren? Bob en ik hebben daar vaak de slappe lach over gehad, want als slaven onder elkaar is het niet zo erg. Het in elkaars nabijheid verkeren, hoe moet ik het zeggen, is dan een opluchting en ontlading voor alle twee. Maar hoe groot de aangename kanten ervan ook zijn, een grote liefde drukt op je als een baksteen op de borst.

Ik ben wel eens op iemands mond of stem gevallen, op een lok, een bakkebaard, een schouderblad. Van welke archaïsche overlevingstactieken zouden dat de overblijfselen zijn? Het maakt de verliefde helemaal niks uit waar hij op valt, als het vallen maar met een adembenemende vuurwerkexplosie gepaard gaat, met knikknieën en bibberhanden, als het maar het equivalent van een bergbeklimming of een honderdmetersprint is. Verliefdheid is een nabootsing van een olympische prestatie. De mensen gapen elkaar de godganse dag verdwaasd aan, er zouden miljarden kinderen geboren worden, maar niemand zou iets doen, er zou niets geoogst en niets gezaaid worden, een morfinistische gelukzaligheid zou ons deel zijn en de wereld, onweerstaanbaar licht, zou afsterven...

Was de volgende ontmoeting na die keer op de zeilclub toeval? Verliefden pikken elkaars signaal op met verfijnde sensoren waarmee alleen zij zijn toegerust.

We stonden onafhankelijk van elkaar bij hetzelfde marktstalletje avocado's te betasten. Ik mat mezelf het air aan de precieze rijpheid van een avocado met de juiste druk en vering te kunnen aanvoelen. Bobs vingers tastten in dezelfde overvolle kist, en ineens grepen ze mijn hand. Na de herkenning de flits in mijn maagstreek, schicht en schrik tegelijk, die je letterlijk naar adem doet happen.
– Mevrouw Weller.
– Meneer Krone.
Even stonden we daar onbeweeglijk naar elkaar te kijken, ik zag zijn lichtgrijze helle ogen. Onze handen hielden elkaar vast. Iets scheurde open in mijn buik en warme vloeistof stroomde rond mijn navel. Ik moest mijn tong, die dik werd van willen, in bedwang houden. We bleven bewegingloos staan om geen schade aan te richten. Ik zag hoe de verkoopster van de avocado's en de papaja's en de

mango's ons met een wetende glimlach gadesloeg, maar zij draaide haar hoofd af toen ik haar aankeek en mijn vinger snel op mijn lippen legde. Ze barstte in een verlegen maar harde lach uit en begon daarna een beetje zinloos zoete aardappels van de ene doos naar een andere te verplaatsen.

Bob schreef gedichten. Ik vond ze goed. Een aantal bleek over mij te gaan, maar dat heb ik pas later begrepen. Soms staart iets je met wijdopen ogen aan maar je ziet het niet, je kijkt erdoorheen, naar iets daarachter dat toevallig je aandacht trekt, een zwalkende boot op het water, een gevaarlijk spelend kind, een oude vrouw die haar hoed aan de wind verliest. Soms gebeurt er iets belangrijks en net dan ben je ergens anders met je gedachten, domweg afwezig...

Ik ben een krantenman, geen alcoholist. Dat betekent dat je mij pas na het werk met een glas aantreft. Mijn eerste glas bier drink ik vaak na het eten, als de zon een beetje moe begint te worden. De nachten zijn iets koeler dan de dag, maar zo is het precies goed. Je kunt je gedachten ordenen, door de hitte overdag lukt dat niet altijd. De nacht laat ruimte toe in je hoofd. Slapen is weer wat anders, slapen is zonde van de tijd, zoals iedereen weet, maar dromen is lekker. Ik droom het beste met een paar flesjes bier op, en als ik dan gewekt word door de punt van een gordijn die over mijn gezicht waait, zo'n zachte pelikaanvleugel...

Ik kauw 's nachts op zinnen. Een whisky op de porch, een vel papier en een pen en dan schrijven. Niet te lang, misschien een kwartiertje, niet veel zinnen, de zon is net op, het suist in mijn hoofd, ik hoor de woorden tussen waak en slaap, ik schrijf ze op, ik zet mijn lege glas op het vel en ga slapen.

Helen gooit de jongens er 's ochtends uit als ik laat teruggekomen ben van de nachtdienst bij de radio of de krant. Ze stuurt Ralfie om boodschappen of naar vriendjes. Zo kan ik doorslapen tot ik gewekt word door Randy, mijn andere zoon, die meestal in de hoek van de kamer aan een of ander onnavolgbaar bouwwerk knutselt. De geuren van pompoensoep of Helens superieure stokviskroketjes warrelen meestal al door het huis. Pas dan, tegen het middaguur, kijk ik naar wat ik die vroege ochtend geschreven heb, het whiskyglas heeft een vuil gouden oog op het papier achtergelaten. Dan ga ik het gedicht keuren met m'n dag-oog... Nachtdichter... De nachtdichter van het eiland noemen ze me.

Ik heb altijd al poëzie gelezen, maar nu zuigt het wit tussen de regels me naar zich toe. Ik wring me tussen twee zinnen door en zie Ro lopen, Ro op de rug gezien in een straat. Waar? Doet het er toe? Ik zie haar prachtig gewelfde rug de hoek om slaan en een strak net van spanning trekt van mijn hals over mijn buik, als een middeleeuws pantser. Tot ik me weer aan de greep van die twee zinnen kan ontworstelen en de woorden lees die er werkelijk staan. Soms smijt ik een dichtbundel van me af omdat ik niet door die machtige woorden vastgehouden wil worden. Erover schrijven is heel moeilijk, ik moet slijpen, polijsten, het goudstof proeven, want veel woorden en zinnen zijn bezoedeld geraakt, te banaal, voor zo'n liefde.

Onbeduidend als Curaçao misschien mag zijn, dit eiland is de tepel, nee, een minuscuul heuveltje in de tepelhof van de wereld, en daar woon ik, geluksvogel.

10

Mijn leven met Rudi is een kalme zee en hoewel hij weinig tijd heeft, is hij thuis altijd heel innig met Ingi, leert haar spelletjes, begrippen en diergeluiden en als ik ze samen zo zie, als zij zich door hem laat kietelen en dan haar aanstekelijke gorgelende lachje laat horen, dan weet ik dat die twee bij elkaar horen, dat die langwerpige, konijnachtige pootjes van hem afkomstig zijn. Hij met zijn sierlijke vingers, die voorzichtige instrumenten waarmee hij de dingen die hij oppakt tot museale kostbaarheden maakt, een lange sliert appelschil of een beeldje.

Toch ben ik met mijn gedachten niet bij dat geluk, ik zie het en maak er deel van uit, maar er is een onrust in mij die me op die momenten doet afdwalen. Het is alsof ik mijn opdracht al vervuld heb zodra ik hem met onze dochter zie en er voor mij andere dingen in het verschiet liggen. Welke dat zijn weet ik niet en ik houd helemaal niet van mijzelf als ik zo ben, want waarom kan ik niet genieten van dat geluk? Waarom moet er iets zijn dat mij daarvan wegtrekt, als een kind dat door zijn ouders van een bloederig tafereel wordt weggetrokken? Waarom zou stilstaan dodelijk zijn? Omdat het eindig is? Omdat het zomaar kan verpulveren? Sterk duwt een onzichtbare hand me in mijn rug voort, een onbekende richting in, een gebied waarin ik eerst bijna blind zal rondtasten, als een test, om dan heel langzaam de contouren van 'iets' te ontwaren, van een ruimte of een ander mens of andere mensen. Ik weet dat deze gedachten onzin zijn en toch beheersen ze me, ik kan ze niet afzetten wanneer ik dat wil. Daarom zink ik vaker weg in dagdromen, geef me over aan een vaag suizen in mijn oren en volg een wolk in de lucht die traag voortdrijft, zodat ik niet eens merk dat Antonio al een tijdlang op de veranda staat te wachten met zijn hoed in zijn hand. Ik verontschuldig me tegenover hem, schenk hem meteen koude limoen in en dan loop ik naar binnen om uit mijn tas zijn geld op te vissen. Ik geef het hem nadat hij zijn glas in één langzame maar gestage teug leeggedronken heeft en mij met een hoofdknik het glas teruggeeft. Ik informeer in mijn beste Portugees, dat maar uit een paar nuttige zinnen en hier en daar een werkwoord bestaat, naar zijn vrouw en kinderen. Hij lacht verlegen, zijn ogen krijgen extra glans, hij knikt en rolt de rand van zijn hoed op en af. Hij is eigenlijk een mooie jonge man met een glad gezicht en een pianotoetsengebit met één gouden hoektand. Ik vraag hem of hij nog een glas limonade wil, maar hij bedankt en buigt als een bediende in een stuk van Tsjechov en loopt al in de richting van zijn ezel. Hij kijkt nog eens als hij al op zijn ezel zit en het erf verlaat. Ik zwaai hem kort na, hij zwaait terug, nu zonder om te kijken. De wind blaast even een gordijn tussen hem en mij.

Ben Tak en zijn vrouw Livia komen. Rudi heeft een paar dingen met Ben te bespreken die hij op kantoor, onder het oog van zijn stagiairs, of in de lunchroom liever niet bespreekt. Lichte zaken van het gewichtige soort, zoals Ben ze noemt; hoe de opdrachtgever tevreden te stellen, hoe meer geld voor een project bij elkaar te smoezen. Rudi geniet van die luchtige manier van doen van Ben, zelf is hij strenger en onzekerder in het verwezenlijken van zijn ambities. Maar Ben is een man van de wereld, hij relativeert alles, wat adem geeft aan een opdracht. Daarom alleen al vindt Rudi het heerlijk om met hem samen te werken en bewondert hij Bens fabelachtige kennis. Dat dat allemaal in dat kleine ventje zit. Als je hem op zijn présence beoordeelt zou Ben Tak net zo goed een kleine Hollywood-mogul kunnen zijn, een kalend mannetje met bruine kraalogen die alles in de gaten houden, zo'n charismatische kleine man met sigaar die zich in zwart-wit op weg naar zijn zwembad in de tuin gearmd met drie vrouwen in badpak laat filmen en vervolgens aan de rand van het zwembad lachend zijn sigaar onder zijn schoenzool vertrapt en triomfantelijk een verse uit zijn pochetzakje trekt, terwijl de vrouwen om hem heen een ondeugend o-mondje trekken.

Ben staat stil voor het schilderij dat we onlangs gekocht hebben. Was hij een Hollywood-mogul geweest, dan had hij het opgemerkt, ons zelfingenomen toegeknikt dat het 'een aardig ding' was en vrolijk was hij dan doorgelopen naar de porch waar de drankjes hem wachtten. Maar Ben neemt de tijd, drinkt niet eens van zijn whisky, kijkt alleen maar strak naar het schilderij.

Ik loop met Livia alvast iets verder, zij pakt even mijn Zeeuwse bloedkoraalketting tussen haar vingers en bewondert hem, ik zie de fijne rimpeltjes bij haar ogen en ruik haar parfum. Ik ben erg op Livia gesteld, zij is van een broze schoonheid, een van de liefste mensen die ik ken, tegelijkertijd straalt zij mentale kracht uit.

Ben staat nog steeds voor het schilderij, Rudi kijkt ingespannen achter hem mee, ik weet dat hij Bens oordeel belangrijk vindt. Na enkele minuten, alsof hij fris ontwaakt uit een droom, begint Ben middenin een zin zijn mening te geven.

– Ja en dan zie je aan de penseelvoering waar hij naar op zoek is, door dat ongekamde, zich door de chaos van de materie als het ware heen wringend, hemelbestormend hè, vind je niet? De wil tot vliegen, de drang tot hoger, althans zo zie ik het, het is een werk dat meteen aanspreekt, dat is belangrijk, kunst, hoe abstract ook, moet je als het ware tegemoet springen als een overvaller, het moet onvermijdelijk zijn. Je geld of je leven – anders is het niets. Aarzeling, daar hebben we in de moderne tijd weinig aan. Zoals je in je dromen een vrouw benadert, zo moet het, vind je niet, Ro? Op daadkracht, durf komt het aan, geen halfhartige poging.

Livia kan geen kinderen krijgen, maar ze verlangen er sterk naar. Aan Ben kun je dat niet vaak merken, maar Livia's blik raakt omfloerst als Ingi bij haar komt zitten puzzelen, je ziet haar smelten als het kind zich vanzelfsprekend tegen haar aanvlijt, zich loom op Livia's schoot krult. Verlammend om te zien is het, en ik verwijt mezelf dan hoe nonchalant ik met mijn kind omspring, alsof het nooit zal opgroeien.

Rudi en ik hebben het er al eens over gehad, we gunnen het ze zo, een baby. Livia, katholiek, vertelt hoe vaak ze gebeden heeft zwanger te worden. En natuurlijk heeft de godsvrucht niets afgeworpen. Het maakt me woedend. Ik steek wat kaarsen aan.

De avond vordert en we spreken over kinderen en adoptie, de voors en de tegens ervan, en hoe Ben en Livia inlichtingen hebben ingewonnen over het adopteren van misschien een baby uit Venezuela, maar het vermoeden van zwendel dat eromheen hangt schrikt hen af. Livia en Ben zijn fijngevoelige geesten die zich nooit met smoezelige zaken zullen inlaten. Soms denk ik: ik geef ze Ingi gewoon, ik doe haar net zolang bij hen uit logeren tot ze een dochter voor hen wordt, waarom niet? Ik kan nog altijd weer een kind nemen.

Het is even stil. We horen alleen het getik op de bewerkte zilveren onderzettertjes van Felix & Forbes als iemand zijn glas neerzet. In die stilte breng ik plotseling

ons baby-idee, ik heb dat met Rudi niet afgesproken.
– Waarom nemen jullie niet een kind van ons?
Ze kijken me allemaal aan alsof er een geest gesproken heeft.
– Serieus, waarom niet, waarom maken wij geen baby voor jullie?
Rudi staat op om een whisky te nemen. De eerste scheut soda uit de sifon spuit hij over het glas heen.
– Wat bedoel je, Ro? vraagt Livia alsof ik aangekondigd heb dat ik met de handschoen een marsman ga trouwen.
– Wij maken een kind dat we aan jullie afstaan, in alle liefde en vriendschap.
Ik zie de tranen in Livia's ogen wellen. Ben komt al met zijn grote zakdoek aanzetten, maar moet eerst zelf flink snuiten.
– Maar dat kan toch helemaal niet, zegt Livia. Hoe kun je je losscheuren van iets van jezelf?
– Dat weet ik niet, zeg ik, maar ik denk dat ik dat kan. Ik wil het voor jullie kunnen.
Het is even stil. Rudi zet Ravel op.
– We moeten er goed over nadenken, zegt Rudi.
– Zoiets houd je toch niet vol, zegt Ben. Stel je voor, je breekt, er gebeurt iets en dan wil je het terug...
Livia legt zacht haar hand op Bens onderarm alsof ze hem tegen wil houden, hem laten merken dat ze toch wel oren heeft naar zo'n idee.
– Ik kan toch nog altijd een nieuw kind krijgen?
Een kind was weliswaar geen ding, maar als je er toch zo een kon maken, waarom het dan niet afstaan aan wie je liefhad en die er zo naar smachtten? We begaven ons op het pad van ongebreidelde mogelijkheden. Een paradijs leek in het verschiet te liggen, maar de bezwaren groeiden mee. Het goedbedoelde experiment kon ook uitdraaien

op de ondergang van onze vriendschap. We lieten het rusten. Dat ik ook bereid was een kind van Ben te dragen, heb ik niet eens meer ter sprake gebracht.

We stonden met ons vieren op de porch in de verte te kijken: daar lag het werkelijke Arcadië. Een geïdealiseerd landschap, waar de oranjerode stralen van de bloedsinaasappel een onwezenlijke gloed overheen wierpen. De uitgestrektheid leek te kantelen, alsof zij ons iets ging zeggen. Maar de seconde nadat de zon was ondergegaan, vervaagde de illusie. Wat is gebleven is een verlangen dat zich met kleine klauwen in ons binnenste heeft vastgezet. Een verlangen waarvan we niet weten wat het is, maar wel dat het ons niet meer zal verlaten. Ik legde mijn arm om Livia's schouder.

11

In de Benedenstad heb je Colorite, een klein en donker zaakje ingeklemd tussen de winkel van sinkel van Beaujon en de tapijtwinkel van Onchi Pinedo. Als ik Colorite binnen kom is het er altijd doodstil, er slaapt niet eens een ouwe kat en toch moet je goed opletten waar je loopt want overal op de grond en tegen de muur staan blikken verf en verfbenodigdheden, maar ook rieken en harken opgesteld. De wanden dragen schappen die tot de nok zijn volgestouwd met allerhande gereedschap in dozen en aan de wand hangen verschillende soorten kettingen en touwen als een grillig keukendeurgordijn. Als ik een zwiep tegen die kettingen geef, begint het achter ineens te stommelen.

'Abel Elias IJzerwaren' staat er in krullettertjes op het glas van de winkeldeur geschilderd, en daar komt hij aan, de oude Elias, met zijn versleten heup hompelt hij zo'n beetje van het piepkleine achtergelegen keukentje naar de toonbank, waar hij gaat staan uitpuffen. Hij ruikt naar zuur, uien en urine.

– Bon día, meneer Elias...

Bij hem haal ik mijn klei, een mooi, diep terracotta. Ik ben aan een fikse tors begonnen en heb veel nodig. Abel Elias puft als hij uitademt.

– O, mevrouw Weller, ik zal maar niet vragen hoe het gaat, want vervelend genoeg gaat het met u altijd goed, terwijl met mij...

– Hoe is het met de pijnen?

– O, 's nachts, mevrouw, 's nachts is het hels, Dante

kan er zijn achterwerk mee afvegen met dat boek van 'm, want het stelt helemaal niets voor in vergelijking met wat ik beleef! Als de hel echt zo is als in de boeken dan verhang ik me subiet!

Abel Elias was, zeker voor de eigenaar van een verfbenodigdhedenzaak, nogal belezen. Hij was naar de afhangende kettingen en touwen geschuifeld en gaf er als de sinistere bewaker van een martelkamer een klap tegen.

– Laten we eerst maar eens afwachten, in de tussentijd wil ik toch nog wat klei van u meenemen.

– Wordt het mooi? vraagt hij, nu met zijn hoofd scheef en een glimlach half onder zijn dikke grijze hangsnor.

– God alleen weet het, meneer Elias.

– God? Och, laten we die maar even met rust laten, ook nog naar kunstwerken moeten kijken...

Hij monstert me ironisch over zijn zwarte montuur heen.

– Ja, u hebt gelijk, al weet Hij hoe mooi het wordt, Hij zal het me toch niet komen vertellen, dat zou ook al te veel eer zijn en ik ben maar een amateur, kun je nagaan.

– Zo is het, mevrouw W., hoeveel wilt u?

– Doe maar vijftig kilo.

– Tjo-tjo, vijftig kilo voor een amateur...

Het tjo-tjo hoorde bij Abel Elias als een wanglitteken bij een Pruisische officier.

De tors wordt massief en krijgt een bilpartij.

– Bob? Leo hier.

Leo Herris belde me op de krant en vroeg of ik nog geïnteresseerd was in het experiment, dan kwam hij me over een halfuur halen.

Leo en Olga reden met Estelle Bodifee en Iris de Jong in de Plymouth, Fred de Vries natuurlijk in zijn eigen Desoto. Ik reed mee met Rudi en Jacky Fleischer. Jacky, die zoals gewoonlijk meer op de achterbank hing dan dat ze erop zat, had haar jurk met reuzenrozen uitgespreid. Zo reden we in konvooi de weg naar Westpunt op. Fred had, naast zijn eigen spul, plaats genoeg voor de apparatuur achterin zijn auto.

De Moderne Muziek Kring had een aankondiging verspreid dat er in de buurt van Lambert een verrassingsconcert zou worden gegeven. Om vier uur moest het klinken, wat geen probleem was volgens Leo, omdat ze een elektriciteitspunt hadden geregeld bij een van de grootste huizen op het pleintje van Lambert, een dorp met ongeveer honderd zwarte bewoners en de oude blanke kluizenaar 'Tichi' Matroos, die dichter is en ook kundig timmerman en die, zegt men, langgeleden was verlaten door een beeldschone Amerikaanse actrice op wie hij smoor was.

Leo liet zijn blauwe Plymouth slippend tot stilstand komen voor de kerk van Lambert, stofwolkjes warrelden op. Fred opende de achterklep en onmiddellijk begon iedereen, ook Estelle Bodifee en Iris de Jong, de geluidsboxen en andere apparatuur uit te laden. Jacky liep op haar uitdagende stilettohakken naar een geschikte plek te zoeken. Het was kwart voor zes en nieuwsgierige jongetjes op blote voeten kwamen al bij de auto's staan. Ze spiegelden zichzelf in het bolle chroom en sloegen lachend het uitladen van de apparatuur gade. Olga had de aankondigingen ontworpen en verspreid in de omgeving, ze opgehangen bij een paar toko's en sommige aan een boom langs de weg gespijkerd. Leo was onmiddellijk met de haspel naar het huis met het elektriciteitspunt gegaan om te zien of er wel iemand was, maar dat was geen probleem, de hele familie zat buiten en een jongen van een jaar of vijftien nam de kabel aan en verdween het huis in.

Fred was handig met kabels en sloot de grote loudspeakers aan, die Rudi als bouwpakket uit New York had laten komen.

De Moderne Muziek Kring kwam tweemaandelijks bijeen om een contemporaine componist te beluisteren en te bespreken. Een van de leden bereidde een lezing voor over een specifieke compositie of de componist, Schönberg, Berg, Bartók. Men luisterde dan ingespannen naar de muziek en discussieerde er naderhand over.

Vandaag ging het om een deel van een groter experiment, opgeborreld uit Leo's tikkende brein: hoe zou de zwarte bevolking, ver op het platteland van Curaçao, reageren op de klanken van Stravinski's *Vuurvogel*? Dit eerste musicologische experiment zou een halfuur duren en het karakter van een bliksemactie hebben. Fred zou de reacties van het publiek filmen, Leo zou hen bedanken en daarna zouden ze weer snel met de auto's verdwijnen. Het experiment had de codenaam Apparition gekregen. Was de menigte blijven staan of uiteengevallen? Had men de handen op de oren gelegd, was men weggelopen of juist gefascineerd geweest? Hoe reageren mensen die deze moderne muziek nog nooit gehoord hebben?

12

De klei zit nog aan m'n handen, met dikke rouwranden onder m'n nagels wanneer Rudi het erf op komt rijden. Portieren worden dichtgeslagen. Hij en, nu ik goed kijk, Bob Krone stappen lachend uit. Mijn hart verstijft. Ik zit in de schaduw voor mijn draaiplateau waarop een robuuste kop aan het ontstaan is. Ik wrijf met de rug van mijn hand een lok van mijn voorhoofd als de mannen me naderen, een veeg over mijn gezicht want de rug van m'n hand is natuurlijk ook besmeurd.

– Ro, lieve, halve negerin! roept Rudi lachend.

– Demi négresse, roept Bob. Hij lacht door zijn ogen een beetje toe te knijpen. En zachter zegt hij wanneer hij dichterbij is: 'Negri déèsse...' Zijn stem heeft een mooie bas, ruig.

Ik zeg dat ik zo bij ze kom, even het beeld inpakken en me omkleden. Ik besprenkel de klei met water, drapeer de natte theedoek om de kop en vouw het dikke plastic eromheen. De mannen zijn bezig de geluidsboxen uit te laden.

Eenmaal binnen in de koelte van het huis begin ik plotseling te trillen, het komt uit mijn benen en zet zich voort in mijn buik, vanwaar het naar mijn hals trekt, het is net of ik een warme straal langs mijn been voel lopen, ik kijk omlaag maar er is niks te zien. Ik word misselijk, ik ben bang flauw te vallen. Nog net grijp ik me aan de kast in onze slaapkamer vast, het zweet loopt langs mijn slaap en kaak. Ik sta ongeveer een minuut bewegingloos en dan is het weg. Ik kleed me uit en stap onder de douche, de koude stralen maken alles weer gewoon.

Terwijl ik me afdroog hoor ik buiten de twee lachende mannenstemmen. Het geluid echoot in mijn hoofd. Ik heb even een vreemde gewaarwording: ik ben zo mager dat ik tussen de spijlen van het badkamerraam naar buiten kan, een hemd van geel satijn sliert achter me aan, ik verdwijn tussen de struiken. Ik kom in streken die ik niet ken, ik ben weer kind en speel met andere kinderen in Engelse tuinen, het ene moment zijn mijn benen modderig, dan prikt hard gras in mijn blote voeten.

Ik heb ijsthee met citroen ingeschonken, Rudi en Bob zijn al aan de whisky maar de koele glazen gaan er toch wel klokkend in. Het is het eind van de middag, maar nog steeds warm. Pas later in de avond zal het iets koeler worden.

De mannen praten enthousiast over het Stravinski-experiment bij Lambert. Het was een verrassing geworden, de mensen hadden eerst een kwartier als in trance staan luisteren, en daarna was iedereen uitbundig op de muziek gaan dansen. En Jacky danste met ze mee!

Ik hoor hun stemmen die zo verschillend zijn, Rudi wat hoger en feller, Bob rasperig, misschien door drank en sigaretten. Het is niet moeilijk me voor te stellen hoe die stem fluistert, hoe zijn lippen mijn oorschelp aanraken, *négri déèsse*. Hij heeft mooie nagels. Een vogel herhaalt tweetonig zijn zang. Ik woon nu al een tijdje op het eiland maar ik herken de vogels die je hier hebt nog steeds niet. Ze zingen vaak helder en lang, echte volhouders.

– Vind je niet?
– Wat?
– Dat Bob en Helen een keer moeten komen eten.
– O, ja, natuurlijk vind ik dat. Dan maak ik mijn beroemde recept.

– En dat is? vraagt Bob en hij trekt een wenkbrauw op.
– Snapperkoekjes.
– De heerlijkste viskoekjes die er zijn, zegt mijn trouwe echtgenoot.
– O, maar dat wordt moeilijk, zegt Bob.
– Hoezo? Je houdt niet van vis.
– Nee, juist wel, maar Helens vispasteitjes zijn over het hele eiland bekend, ze hebben al eens geprobeerd om haar het recept te ontfutselen, maar ze geeft het niet. Ze bakt ze wel eens voor speciale gelegenheden en dan alleen nog voor hele goeie vrienden.
– Maar mijn viskoekjes zijn hier in huis ook heel beroemd, hoor...
– Je hebt wel gelijk.
Bob verplaatst zijn gewicht in de luie stoel en lacht.
– Helen moet eens accepteren dat andere mensen ook goed kunnen koken, het zal moeilijk voor haar worden...
– Schei uit, ik maak wel iets anders... Keshi Yena...
– O, daar zou ik niet aan beginnen, zij is heel goed met kaas...
– Weet je wat? We gaan bij haar eten.
– Nee, een grapje, ze zal het fijn vinden hier te komen, ik zal het Helen vragen.
Rudi gaat in zijn stoel verzitten en neemt een laatste slok.
Bob staat op en loopt naar me toe.
– Ik ben hier net en voel me nu al thuis. Waar is de wc alsjeblieft?
Hij kijkt me aan, de eerste keer die avond, een lavastroom kruipt over mijn onderbuik. Het idee dat hij hier in mijn huis gaat staan plassen windt me op.

– Bob!
Ik denk mijn naam te horen. Ik sta middenin café Soda Fountain. Uit de keuken het bordengekletter en niet-aflatend gekwetter. Je komt hier alleen als je van sandwiches, ijs, lawaai en roddels houdt. Ik kom er vaak lunchen, maar vandaag was ik dat niet van plan. Een of andere dwingende hand heeft mij hiernaartoe geleid.

Op de grote spiegel achter de bar staan de snacks van de dag en als het 'uit' is wordt het doorgehaald en wordt er een nieuw gerecht onder gekalkt. Hier staan koks en bedienend personeel liefdevol te zweten. Mensen die, zo lees je op het menu, de traditionele keuken van Curaçao hooghouden, maar ook de rages van Grote Neef niet schuwen: milkshakes en soft-ice in alle denkbare smaken, hotdogs met Colemans scherpe mosterd en tuna-melt sandwiches. Maar hier savoureer je evengoed een broodje ingewanden met pepers of kabritoe stoba met funchi, gestoofde geit met maïsmeelpuree. De kakofonie van borden en echoënde, overslaande stemmen vult de kleine betegelde ruimte. In Soda Fountain kom je de klok rond als je ongedwongen wilt snacken en ondertussen met aardige mensen roddelt terwijl je de indruk wekt dat het over niets in het bijzonder gaat, waardoor je toch elke keer weer het laatste nieuwtje, altijd iets belangwekkends, aan de weet komt, hetzij over de politiek of over de makkelijk tot-alles-en-nog-wat te verleiden bevolking van het Caribische gebied. En niemand vindt het te min om er te komen, Egon Fleischer eet zijn favoriete sandwich met Rudi

Weller en Ben Tak zie ik en, mijn god, Ro schuin achter Rudi met een vriendin, ze roken en lachen en tussen hen in staat een lichtgroene pistache ijsco in een hotelzilveren coupe.
– Bob!
Mijn hart begint een angstaanjagende roffel. Nu weet ik wat mij hier gebracht heeft. Ik klem mijn krant en mijn attachémap nog iets beter onder mijn arm en begroet ze een voor een. En terwijl ik me krap tussen de tafeltjes ophoud weet Ro mijn hand te vinden en streelt hem even zonder dat iemand het merkt, het kan bijna doorgaan voor een vergissing...

Ik zeg dat ik iets aan de bar bestel en blijf daar vervolgens met een Coca-Cola de zaak bestuderen, tot ik een paar maal exclusief Ro's blik gevangen heb. Mijn dag is compleet, ik kan gaan. Ik neem uit de verte met een ingewikkeld gebaar afscheid van het groepje. 'Tot volgende week!' roept Rudi nog. Ondanks de airco is mijn shirt doorweekt als ik buiten kom.

13

Langzaam kreeg de taart gestalte die ik volgende week zou bakken, ik zal hem samen met Ingi maken, zodat zij haar geliefde rubber spatel met chocola kan aflikken, waar ze zo dol op is. Eén keer heb ik haar een rest chocoladevulling in een kom en de spatel gegeven, en vraag me niet waar het niet heeft gezeten, niet op haar rug geloof ik, en toen ik haar handjes aflikte moest ze zo verschrikkelijk lachen en zei ze: 'Mama, je bent net een dier,' en ik knikte en likte daarna inderdaad grommend als een leeuwin haar gezichtje, wat nog eens en nog eens moest.

Soms ga ik overdag gewoon liggen en staar ik in de halfdonkere slaapkamer naar het plafond en dan zie ik mijzelf paardrijden in, zeg, Vuurland, op een pampa, maar het mag ook Twente zijn. Ik rijd alleen. Een berg in de verte, witte wolken om zijn kruin. Het paard snuift, ik zie zijn adem, het is ochtend of herfst, hij blaast langs zijn lippen, ik klop hem op zijn nek. Ik word er altijd gelukkig van, maar ik kan in het gewone leven de juiste balans tussen landschap, paard en knisperende ochtendlucht niet altijd vinden. Ingi houdt er niet van als ik indut in de rieten stoel op de porch of op de bank. Ze schudt dan aan mijn wangen en zegt: 'Mama, niet doen.'

– Waarom niet?
– Mama moet hier blijven.
– Waar ga ik dan naartoe als ik slaap?
– Naar diefland.
– Diefland? Waar is dat?
– Als je slaapt stoppen ze je in zakken en gooien je op een vuilnisauto.

Hoe komt het kind aan zo'n associatie? Welke droom heeft haar in een zak gestopt en op een vuilniswagen geladen?

– En dan? vraag ik.

– Dan niks.

– Hoe dan niks?

– Niks. Je wordt niet meer wakker. Nooit meer. Want je bent in de droom in de zak gekropen, dan ben je weg, is toch logisch?

Logisch voor haar, dit filosofische raadsel. Mijn kind is een genie, al weet ik er niks van.

Het recept voor de chocoladetaart die ik vorige week bij wijze van proef maakte, had nog een kleine aanvulling nodig, maar sinds de nieuwe gisteravond heeft staan afkoelen, werkt hij al de hele dag onweerstaanbaar op onze speekselklieren. Hij heeft een jasje van dikke, stroperige en donkere chocola waar je zo je mond in wil drukken. Vooral voor Ingi is het een beproeving, ze staat er als gehypnotiseerd bij.

– Doe maar niet, lieverd, zeg ik tegen haar, je krijgt vanavond echt een groot stuk, maar als je zo blijft kijken stroomt er alleen maar water in je mond en dan spring je straks als een aapje naar de taart en breek je er zomaar een grote brok af en prop je dat in je mond omdat je het niet kon uithouden. En is dat leuk? Zo'n kapotte taart voor de gasten die liever een hele chocotaart hebben dan eentje waar een apenhandje aan heeft gezeten?

Bob en Helen kwamen die avond een uur te laat, zoals dat gaat, er kan een uur af of een uur bij op dit eiland, je moet flexibel zijn – daarom hebben ze zeker zoveel stoofgerechten, stoof wordt tenslotte alleen maar beter van wachten. Maar ik houd er niet van, het maakt me kwaad hoe lang de mensen erover doen om te komen. Ik vind dat beledigend, ook al bedoelen zij er niets mee, integendeel, ze denken er niet eens over na wat voor effect hun te laat komen op mij heeft. Het is hun cultuur en die is ouder dan ik. De mensen vinden het niet fijn als je op tijd komt, ze zijn zich aan het verkleden, wat altijd heel veel tijd in beslag neemt, de manchetknopen zijn zoek, de vrouw des huizes loopt nog in onderjurk, een kind valt zijn knie kapot en moet bepleisterd worden. Nee, de tijd heeft hier een aparte status en achter het geheim van zijn wetten kom je niet zo gauw.

Als ik Bobs auto het erf op zie rijden, lijkt het er even op dat ik weer zo'n zenuwaanval krijg als de vorige keer. Ik moet in de keuken heel langzaam een glas ijswater drinken. Gedraag je niet als een schoolmeid, spreek ik mezelf toe terwijl ik met een houten lepel op het aanrecht sla – iemand zou denken dat ik een kakkerlak achterna zit, dus houd ik er meteen mee op, want mijn keuken is dankzij mijn Gwenny brandschoon. Ik heb haar naar huis gestuurd, ze hoeft niet te blijven om af te wassen, ze heeft me geweldig geholpen met de chocoladetaart, en van wat er over is krijgt Ingi een stukje mee naar school en Gwenny krijgt de rest. Zonder Gwenny ben ik nergens.

Ik fatsoeneer mijn haar en zie daar in de spiegel iemand die op mij lijkt.

Helen is, moet ik toegeven, aardiger dan ik me heb ingebeeld. Het cliché wil een haaibaai van een concurrente, maar een aardige concurrente is erger, het maakt je beslissingen week. Voor mij is ze Bobs vrouw en ik ga met haar om terwijl ik dwars door haar heen kijk. Hoe ik dat kan weet ik niet. Terwijl ze mij iets vertelt over koken of over haar twee zonen, luister ik tegelijkertijd naar wat Bob aan Rudi vertelt. Die schizofrene positie wekt moordlust op, een milde vorm van waanzin.

Rudi draait het koolzuurgasbommetje in de sifon, die met zijn metalen net-ommanteling en parelmoeren glas door Bob tot een waar sieraad bestempeld wordt. De ijsblokjes in de whiskyglazen knetteren door het prikwater.

Ik verdwijn af en toe naar de keuken. Bob kijkt mij niet aan, waarschijnlijk om zich niet te verraden en als ik naar hem kijk word ik zo nerveus dat mijn glas bijna uit m'n vingers glipt of de zoutjes van de schaal glijden. Aan eten moet ik niet denken, maar Bob lijkt weinig last van zenuwen te hebben, hij converseert met Rudi alsof er niets aan de hand is, ziet er zelfverzekerder uit dan ooit en ik vind hem ontzettend aantrekkelijk, zo ontspannen hoe hij daar zit met die lachende, vonkende blauwe ogen, knap in zijn *guyabera*, Cubaans overhemd.

Als we beginnen te eten let ik op Helens gezichtsuitdrukking, want ik voorvoel dat ik het examen niet zal halen, al kan mij dat weinig schelen. Zuinig en bitter staan haar neus en haar mond, die een beetje naar elkaar toe trekken als bange zusjes. Terwijl Bob mijn snapperkoekjes prijst, knikt zij minzaam en laat ondertussen haar glas door Rudi vullen. Ikzelf eet enkel muizenhapjes. Maar de chocoladetaart kan Helens goedkeuring wel wegdragen, ze gaat zelfs van enthousiasme met haar vingers door de pure, kleverige buitenkant van het stuk op haar bordje en likt sensueel haar vingers af, iets dat Rudi en Bob niet ontgaat. Ik weet dat ze een flirt is, maar ik verras mijzelf altijd weer met mijn eigen naïviteit. Ik vind haar weliswaar een aanstelster, een goede kok zal ze best zijn, er moet tenslotte iets zijn waardoor Bob voor haar is gevallen. Maar het zijn duistere redenen waarom wij in de liefde iemand uitkiezen.

Naarmate de avond vordert komt er bij Helen steeds meer decolleté tevoorschijn, alsof met het eten van de taart en het drinken van de wijn door een wonder haar borsten opzwellen. Rudi kan zijn ogen er maar met grote moeite van afhouden, merk ik.

Ik doe mijn beroep van journalist eer aan en zit de laatste tijd na mijn werk op de krant wat vaker in een van de bars, waar je mij met een klein glas whisky met één klontje ijs erin kunt vinden. Ik houd van een bar als er bijna niemand is. Ik krabbel wat invallen in de marge van mijn kranten, die ik altijd bij me draag. 'Meneer Krant' noemen ze me, terwijl ze best weten dat mijn naam Bob Krone is en dat ik politieke schimpscheuten afvuur en dus nieuws voor ons eilandblaadje schrijf. En als ik van de radio kom, schuiven ze me een glaasje toe onder een beleefd, of zo je wilt ironisch, 'meneer de eilandpoëet'.

In het weekend draai ik 's avonds platen en op Radio Hoy lees ik gedichten voor, gedichten van prijswinnaars en ja, de ijdelheid gebiedt het, ook een paar bescheiden eigen werkjes. Ik noteer graag invallen in deze omgeving. Zoals een ander ideeën krijgt in de natuur, zo komen zij tot mij in de morsigheid van een schaars verlichte bar.

Sinds Ro Weller op dit eiland woont, gaat een onbehoorlijk aantal van de gedichten die ik schrijf over de fluwelen klauw van de liefde.

Ik ben gesteld op een klein glas, niet zo'n ordinair wijd ding. De obers in bar El Bar, het Intercontinental en op het terras van Osborn weten allemaal al jaren hoe ik mijn drankjes drink. Verder laten ze me met rust, zodat ik kan genieten van mijn mijmeringen over Ro, want daarvoor moet je alleen zijn, niet op je werk, niet thuis. In de auto, op een stille plek zouden ze me passeren en zich afvragen of er iets ernstigs met me aan de hand was, ze zouden stoppen en me onderzoekend aankijken.

Dus hier, in de schemer en de koelte van de bar, is er niemand die me vraagt waarom er zo'n schaapachtige lach op mijn gezicht zit, of waarom ik zo afwezig kijk. De barman is beroeps, die vraagt niks. Af en toe ontsnapt me kort een zucht of een niet te onderdrukken knor van genot omdat ik haar voor mijn geestesoog tover. Ze kijkt naar me, lacht naar me, mijn god, ze balsemt mijn ziel en zaligheid, louter haar verschijning geeft dat zinderend gevoel, mijn hersens dansen met elkaar een zachte dans die me de hervonden vrolijkheid van een naïeveling geeft.

Onze zoon Ralf was vanaf zijn geboorte dol op Helen, dat was net een liefdesstel. Ralf lag altijd tegen haar borsten of met zijn hoofd op haar buik, terwijl Randy in een hoek monotoon op een oud koekblik mepte. Randy is autistisch, hij was blauw toen hij werd geboren. Hij was zo mooi, vast door Helens indiaanse bloed, zij is een Montero. Randy heeft vijf jaar gehuild tot we gek van hem werden en toen we dat waren, werd hij ineens angstwekkend stil en op zijn negende hebben we hem naar het instituut gedaan. Helen heeft die eerste jaren van alles geprobeerd, maar ik wilde hem meermalen aan het plafond nagelen, mijn eigen zoon. Maar er is niet veel sprake van een zoon, meer van een lastig huisdier dat je in een sentimentele bui uit het asiel hebt meegenomen. En zelfs dat hebben we nog geprobeerd, het enige dierenasiel dat we op Curaçao hebben is het dierenhotel van Delia Cassé, een verlaten landhuis op een van de desolaatste plekken van het eiland, in de omtrek is zelfs geen vogel te zien. Daar blaffen en mauwen haar honden en katten, blaten haar geiten en bokjes en zie je soms een leguaan die als een oude inwoner van het eiland in de schaduw van een boom de hele dag naar iets op het erf staart. De ouderen pruimen tabak of kauwen op suikerriet terwijl ze bonen trekken en die een voor een in de wilgenmand aan hun voet gooien. Na elke boon zie je ze in de verte kijken, sterk naar iets verlangend, maar dan moet er toch weer een nieuwe boon getrokken. Bij Delia Cassé, een kleurlinge met volgens eigen zeggen nobel Engels bloed in de aderen, hebben we voor Ralf een kabrietje gekocht, dan maar een geitje in plaats van een broertje dat niet met hem spelen wil. Maar het geitje wilde ook niet spelen en werd algauw aan zijn lot overgelaten en op een dag troffen we Randy met zijn armen hard om de nek van het dode geitje geklemd, hij gebruikte de omgevallen kabriet als hoofdkussen, hij had hem met al zijn liefde gesmoord en hem niet meer losgelaten. Het was ingewikkeld om zijn armen van de geitenhals af te krijgen, hij was pas zeven jaar maar oersterk en als hij dreigde los te raken begon hij loeiend te huilen. Randy is eigenlijk ons huisdier, zei Ralf, een wild huisdier dat je blaadjes moet voeren, en hij liep stampend weg naar zijn kamer.

Of het zo was dat Ralf de liefde voor Randy wilde invullen door zo aan zijn moeder te hangen, of dat het Helen was die vereffening voor haar overcomplete liefde voor Randy bij Ralf zocht weet ik niet, maar wel dat ik niet tussen die moeder-en-zoonliefde kon of moest komen, dat dat een verbond was, vele malen sterker dan die tussen man en vrouw, die verzonnen band die eigenlijk alleen maar broos en zwak is, eentje die altijd beschermd moet worden want anders brokkelt hij af en scheurt hij en op een dag heb je niets in handen.

Op de krant probeer ik een artikel te schrijven, maar Ro breekt telkens door het papier heen, haar lach van een onwezenlijke schoonheid. Een golf van weeïg fondant omstuwt mijn hart. Het maakt me rusteloos, ik wil haar zoeken, in de stad, op de weg naar haar huis, zelfs ben ik bereid het risico te lopen haar in haar eigen huis te gaan zoeken. Ik heb zoiets nog nooit ervaren. Het is een gevaarlijke drang die roekeloos en willoos maakt. Mijn dromen gaan alleen nog maar over Ro. Haar schitterende beeld heeft zich in mijn innerlijk gedrongen als een teek in een hondenvacht.

Drank maakt de verlangende pijn niet draaglijker. Na een onordentelijke hoeveelheid ben ik plotseling omgeven door een spiegellabyrint waarin ik niet mezelf maar alleen Ro duizendvoudig weerkaatst zie. Ikzelf heb geen spiegelbeeld. Ik kan er niet uit. De spiegels lijken uit zichzelf dichterbij te komen of er staan onzichtbare toneelknechten achter die ze mijn kant op duwen. Het is waanzin en delirium tegelijk. Er stroomt een vloeistof door mijn aderen die van dezelfde zijden verleiding is als opium. In de binnenlanden van Guyana leven indianen die geen geheugen hebben. Alleen als ze, daartoe aangezet door vreemden, alcohol drinken komt er iets van vroeger terug, en van die beelden worden ze zo kwaad en verdrietig dat ze alles in hun kamp kort en klein slaan. Zoiets moet dat met mij en deze verliefdheid zijn, ik probeer me ertegen te verzetten, maar dat is vast zinloos.

Leo en Olga Herris zijn beroemd om de avonden die ze geven in hun landhuis San Christobal. Een geslaagd feest geven is een van de doelen in hun leven. Helen verheugt zich steevast op zo'n avond. Een keukenbrigade van de beste koks van het eiland maakt een buffet op dat jaar na jaar overtroffen wordt. De koks leveren niet alleen uit allerlei voedsel opgetrokken zeemeerminnen, watergoden, sirenen en andere mythologische dieren, maar ook eens Picasso's *Guernica* in room en donkere chocola, en een Van Gogh van haricotsverts, asperges en ander vers groen.

Helen verheugt zich vooral omdat, hoe bizar de gekozen vorm ook is, de kwaliteit van het eten altijd uitmuntend is, vrijwel alle ingrediënten worden vers overgevlogen uit de beste zaken van New York of Caracas. Daar vertoeven Leo en Olga geregeld, om niet volledig te verdwijnen in het gat dat ons vooruitstrevende eiland voor mensen met een al te panoramische blik nu eenmaal is. Zij kunnen niet ademen zonder jaarlijkse injecties Museum of Modern Art of Guggenheim, niet zonder wereldberoemde strijkkwartetten of geniale violisten. Het zijn snobs van nature, maar geen onuitstaanbare. Levensgenieters, zoals zij zichzelf en hun vrienden het liefst zien. Ze gooien hun neus niet in de wind, ze vinden zichzelf niet beter dan anderen omdat zij smaak en geld hebben. Olga en Leo hebben kinderlijk plezier in het etaleren van esthetische genoegens en geneugten. Zij zijn de volle roomlaag op het leven van ieder van ons. En wij vinden dat niet erg. Wij gedragen ons een paar keer per jaar graag als ondersnobs en laten ons fêteren. Bovendien zijn het intelligente mensen met wie je over cultuur, moraal en politiek praat zonder dat je ze van pedanterie kunt beschuldigen.

Op San Christobal geldt één regel: er wordt niet geroddeld, een van de meer belangrijke bezigheden die naast drinken, eten en ademen zijn plaats op ons Curaçao inneemt. Men onderscheidt op dit eiland niveaus in de kunst van het roddelen: men roddelt subtiel, dus niet met luide stem, en zeker niet vlak achter de rug van de beroddelde. Men speculeert creatief, niet met het eerste het beste. Het sap van kwade tongen mag niet met de zuivere roddel verward worden. En tenslotte: de kunst van het roddelen moet als nieuwsgierigheid worden beschouwd, als levenslust, een dagelijkse bloedtransfusie voor een kleine gemeenschap, zodat die vitaal blijft.

Overal aan de muren van San Christobal hangen schilderijen, prenten en schilderijtjes, werk van allerlei moderne schilders die tot hun vriendenkring behoren, sommige werkelijk zeer beroemd in Amerika of Holland. Hier ademt een vrije geest, een voorbeeld en inspiratie voor de velen die dit huis bezoeken. Olga en Leo spinnen je in in hun cocon van verfijning. Ik ontmoet ze op de poëzieavonden van ons clubje, waar we andermans maar vooral ons eigen werk voorlezen om te kijken of het voldoende genade vindt bij de andere leden om in ons blaadje *De Trap* gepubliceerd te worden. De ongenadige zweep van de kritiek klinkt niet zelden en komt fiks aan. Dat zal ons leren, want poëzie wordt nu eenmaal uit hardsteen gebeiteld.

Leo en Olga zijn ook de initiators van de moderne-muziekavonden en van gastoptredens van beroemde musici en bijzondere sprekers. Vaker is het een van ons die een lezing houdt. Maar omdat vriendschap soms de kwaliteit in de weg staat, of omdat Leo ineens genoeg heeft van saaie onderwerpen, kruipt de anarchist in hem omhoog en dan kraait hij dadaïstisch vanaf de wenteltrap, citeert experimentele Hollandse dichters of hij en Olga acteren vlammend opgemaakt de beginclausen van Macbeth, in zijden kimono en sjamberloek.

Leo houdt een lezing over het gekrompen indianenhoofdje Juanita, Ro en Rudi zijn er uiteraard ook. De kroonluchters met kaarslicht zijn in de zaal aangestoken. Leo komt in een wit pak met een grote paarse kunstenaarsdas omgestrikt de wenteltrap af, een kaars in zijn hand. Hij plaatst zijn kandelaber op de vleugel en belicht zo het hoofdje van de ernstig verschrompelde Juanita. Haar leven en tragisch lot zijn het onderwerp van de lezing en ik ben er later nooit achter gekomen of hij het serieus meende of dat zijn uitgesponnen verhaal alleen maar een goed volgehouden parodie op een lezing was, bij hem ligt zoiets nooit veraf, maar hij geeft geen krimp. Het duurt in ieder geval zeer lang voor hij de kaars uitblaast, weer spookachtig de wenteltrap op verdwijnt en zich de rest van die avond niet meer vertoont.

Leo's zachte cadanszinnen begeleiden mijn blik die avond naar Ro's gezicht, dat aan één kant door het kaarslicht beschenen wordt waardoor de hele kleine donshaartjes die haar gezicht omlijnen zichtbaar worden. Ik moet voor mijn fatsoen wel af en toe naar de duizendvoudig gerimpelde Juanita kijken om niet op te vallen, maar het is niet moeilijk om dromerigheid voor te wenden omdat veel mensen hun ogen dicht hebben. Iemand laat een licht gesnurk horen.

Net als poëzie is verliefdheid een vorm van concentratie, van stralenbundeling tot een brandpunt. Men heeft aan zichzelf genoeg. Het in de fysieke nabijheid van de geliefde verkeren lijkt iets heel anders dan het verliefd zijn, die geconcentreerde emotie, een beeld dat je alleen met je geestesoog kunt zien en aftasten. Verliefdheid in de omhelzing van de geliefde, vervulde liefde dus, is ondragelijk omdat de angst voor verstoring levensgroot is. Je wordt geleidelijk aan iets als een liefdesterrorist, want de beminde is je het allerliefste, dus daarom moet alles om haar of hem heen weg, of liever, dood. Onvervuld en onbereikbaar is liefde een staat die wat mij betreft gerust goddelijk mag heten. Een goddelijke kwelling dan.

Een boot op zee is de meest intieme ruimte die je je kunt voorstellen. Elke zeeman zal je het overweldigende daarvan kunnen aangeven, al zal hij, net als van liefde, klaarkomen en lekker eten, niet aan kunnen geven wat de immense aantrekkingskracht er precies van is. Ik kan dat ook niet, omdat ik denk dat het juist dát is wat niet in taal te vatten is. Een ontzagwekkende ervaring waarvoor je je alleen maar klein kunt maken.

Als jongen van veertien ging ik in een zeilbootje de zee op. Nadat mijn moeder me in één week had leren zeilen – m'n vader was bang voor water geweest en ging nooit mee, van zo'n dik oranje zwemvest als een krop onder zijn kin werd hij benauwd – en ik haar en talloze Irma's en Lucy's en Helens op het water van de baai mee had genomen, brak er na mijn zestiende een periode aan waarin ik het heerlijk vond om alleen op de zee te zijn. Daar ben ik toen met de gedichten begonnen, eerst lezend op de deining van dat water met de zon brandend op mijn bast. Ik had een mooi zwart opschrijfboekje en een potlood bij me en verzamelde woorden, woorden die me door hun klank in een ander universum konden slingeren.

Rudi wilde een zeilboot kopen en wilde les van mij. Onze vriendschap had zich bestendigd. Op de zeilclub was een kajuitjachtje te koop geweest en zo zeilden we elke zondagmiddag met de Barlovento het turquoise schuim op. Zoveel vertrouwen stelde hij in mijn stuurmanskunst, mijn opvattingen over politiek en de toekomst van de wereld. En met een kratje bier aan boord waren we een goed team. Veel stilte was er niet meer bij want Rudi was een vlotte prater, hij poneerde graag een stelling om die vervolgens zelf in stukken te hakken en te attaqueren, dat mocht ik wel. Ik was ook niet wars van een bepaalde vorm van grootspraak om de dingen iets meer glans te verlenen dan ze van nature hadden, je moest er wel wat van maken natuurlijk. Na een les of tien waren we maten en was bijna geen onderwerp van gesprek heilig of veilig voor ons. Op zee was het mannelijk libido een terugkerend gespreksonderwerp en omdat we niet afgeluisterd konden worden, waren we stevig openhartig. Ik weet niet of ik aan de wal zoveel van mijn duistere onderstromen zou hebben prijsgegeven en ik wed Rudi Weller ook niet.

Ironisch genoeg vond ik tijdens de samenkomsten en etentjes die volgden in Rudi vaak mijn gewilligste luisteraar. Al mijn eilandjeugdverhalen dronk hij met gretigheid in, en Ro keek me gedurende mijn vaste repertoire zo glazig aan dat ik er bijna verlegen van werd. Alleen Helen had natuurlijk schoon genoeg van mijn causerieën, al deed ik voor haar mijn best het verhaal iedere keer met een paar nieuwe details te larderen, naast degene die ik er al in de loop van jaren bij verzonnen had, maar welke dat waren wist ik zelf allang niet meer, en Helen waarschijnlijk ook niet. Ze was alleen wel zo eerlijk om niet uitgebreid te gaan gapen als ik aan het draaidozen was, meestal flirtte ze een beetje met de gastheer, haar favoriete tijdverdrijf tijdens dineetjes.

Ik greep elke gelegenheid aan om in de buurt van Ro te zijn, en dit werd gemakkelijker naarmate de vriendschap tussen mij en Rudi hechter werd. Hij nam mij volledig in vertrouwen over al zijn twijfels, zijn ambitie, zijn huwelijk.

Op het terras van Osborn bespraken wij de passerende vrouwenbenen en prachtige borsten zo innig dat het pervers leek, maar om te demonstreren dat dat een perverse gedachte was, moet je het gedrag van de gemiddelde man op Curaçao bekijken, die gerust met zijn beste vriend of met zijn zoon naar het hoerenkamp Welgelegen gaat om belangrijke taken te verrichten. Een zoon van zestien gaat voor het eerst seks beleven met een hoertje uit Santo Domingo in het bordeel, hij wordt als het ware opgeleid en dat is een groot goed. Zelf kom ik niet op Welgelegen, ik beleef geen plezier aan ongecompliceerde en naar een mengsel van rubber en bloemen geurende meisjes. Helen is een sensuele vrouw die het moederschap uitstekend weet te combineren met haar sex drive. Een geschoolde minnaar is zijn gewicht in goud waard, elke vrouw kan dat hier trouwens beamen. Ik weet dat dat in Nederland allemaal als schandelijk beschouwd wordt, daar spreekt men alleen staartbenerig over die dingen, zegt Rudi. Hij houdt van het open vizier hier, dat mannen en vrouwen vleugels geeft, en verder speelt de temperatuur een grote rol. In de warmte is alles en iedereen, mens en hond, wat hitsiger, dat is een gegeven waarmee wij Carieben moeten zien te leven. Toch heeft mijn onrust in de buurt van Ro Weller niet alleen met seks te maken. Het overstijgt dat, zoals heroïne of morfine het genot van seks schijnt te overstijgen. Daarin schuilt ook het verslavende, want seks kan hevig zijn, de bevrediging is kort. Opium of heroïne brengt een koninkrijk voort, een sereen landschap waarin je kunt wonen, waar je een ander bent, losgemaakt van het aardse, waarin je gedachten kunt ontwikkelen die je echte, schijnbaar onbetekenende leventje op een hoger, mystieker peil brengen, zeggen ze. Je kunt er wat van meenemen, zou pater Kelfkens zeggen, mijn jezuïtische leraar van wie ik op het Thomascollege geschiedenisles kreeg. Maar zeg eerlijk: na intense bevrediging, de loomte en de klammigheid die daarbij horen, welk weldenkend mens verlangt dan niet, net als na een flinke wandeling, naar een goud glas bier?

Hij belde me op de krant. Ik hoorde hem roken. We spraken af in de bar van het Intercontinental.

Rudi transpireerde toen hij binnenkwam, maar door de airco was alles na tien minuten alweer opgedroogd. Hij had door de telefoon een beetje gespannen geklonken, en nu zat hij met een sigaret aan de whisky, lichtjes onderuitgezakt, toch zelfverzekerd. Ik vroeg hem of er een reden was dat hij me gebeld had. Hij schraapte zijn keel twee keer en ging wat meer rechtop zitten. Hij glimlachte.

– Ik heb je raad nodig.

Ik ging de mogelijkheden in mijn hoofd af. Hij schraapte weer zijn keel twee keer – een tic, naar later zou blijken, als hij zich niet helemaal op zijn gemak voelde.

– Er is een vrouw. Van hier.

– Je eerste? Van hier, bedoel ik.

– Gaat je niks aan.

Hij lachte, nam een iets te grote slok, morste op zijn overhemd, probeerde tevergeefs de vlek eraf te slaan.

– Bob, die vrouw blijft me achtervolgen...

Hij keek meteen licht nerveus om.

– Ik begrijp dat wel, zo'n knappe kerel als ik, grapte hij. Ze is erg mooi...

Rudi keek nu schichtiger.

– Voordat er verkeerde dingen gebeuren die niet meer terug te draaien zijn, moet ik ermee stoppen. Maar zij blijft aandringen. Hoe pak ik dat aan, vriend?

Het was voor het eerst dat hij dat zei, 'vriend', het was maandagnamiddag halfzeven in de Intercontinentalbar.

Het klonk ook heel vriendachtig, dat moet ik toegeven, dat had een man nog nooit tegen me gezegd, ik voelde me gevleid. Aan de andere kant kwam het me goed uit dat hij afleiding bij een andere vrouw zocht, des te meer tijd bleef er voor Ro en mij over – een zwaarverliefde is altijd op zijn qui-vive.

Ik bood nog een drankje aan, maar hij sloeg af, hij stak wel nog een sigaret op, iets meer gespannen.

– Nou?

Hij hield het niet meer. Ik liet hem nog even bungelen en stak toen nogal omstandig, heel Bogartiaans en een tikje pesterig, ook een sigaret op.

– Hier op het eiland hebben we wel codes voor dat soort zaken...

– Wat voor codes?

– Rustig aan, ik zal je een tip geven.

Ik wenkte de ober en bestelde voor mezelf nog een whisky. En ik vertelde hem dat het hier sinds mensenheugenis geen schande is om iets met een meisje van het eiland te hebben, het spreekwoordelijke machogedrag van mannen wordt als iets martiaals ervaren, door mannen en ook door vrouwen. Maar goed, als je dan zo nodig van een meisje af moet, dan kun je in een zijden zakdoek, besprenkeld met een of ander duur parfum, een biljet of twee wikkelen. Je laat het de juffrouw van de parfumerie bezorgen, je hoeft alleen een naam en een adres of telefoonnummer op te geven. Het wordt niet als een belediging gezien, integendeel, maar het bedrag moet wel substantieel zijn. Want van zich laten afschepen, daar houden onze meisjes niet van.

– Waar denk jij dan aan?

– Hoe vaak heb je haar gezien?

– Twee keer. Maar ik zeg toch: voordat er dingen gebeuren...

Ik maakte mijn boordenknoopje los. Hij wriemelde aan zijn horloge, waarvan de gouden schubbenband een beetje los om zijn pols zat.

Ik hield mijn gezicht in de plooi.

– Mmmm... zie maar, als het biljet maar zoveel is dat ze haar oma ermee kan helpen. Hoe heet ze?

– Gaat je niks aan.

Hij glimlachte weer.

Het was eigenlijk aandoenlijk dat hij uitgerekend mij in vertrouwen nam.

– Er is toch niks fout tussen Ro en jou? vroeg ik, nonchalant nippend aan mijn glas.

– Welnee... ben je gek, het is een *fling*, onbelangrijk.

Mijn kansen lagen, zo leek het (rustig aan, Bob), voor het grijpen.

14

Ik heb naar de krant gebeld, m'n naam niet gezegd en Bob te spreken gevraagd, ik zei dat het belangrijk was, wat ook zo was. Ik wilde hem zien.

We hebben afgesproken bij mijn favoriete tent op de route naar de baai. Daar verkopen ze het beste kokosijs van de wereld. Een onooglijk donker tentje, waar je op de omloop een beetje in de schaduw kunt zitten. Binnen is het terrein van Essie, die het roomijs zelf maakt met versgeschaafde kokos. Ik kom hier graag, je kunt eindeloos over een ijsje doen en naar de passanten kijken. Je maakt deel uit van een genootschap van ijssnobs en dat schept een band, je knikt elkaar samenzweerderig toe – ja, dit ijs, niet dat andere, niet het verpakte en niet het soft-ice.

Hij komt het zanderige parkeerterreintje op gereden en zwaait uitbundig uit het raam nog voor hij de auto tot stilstand heeft gebracht. Hij heeft een geel overhemd met korte mouwen aan, een kakibroek, het staat hem goed. Hij komt naast me op het houten plankier van de omloop zitten.

– Op de krant is er altijd wel iemand die je tegenhoudt, net op het moment dat je dringend weg moet om een uitslaande brand te verslaan...

– O, maar dan heb je dringend behoefte aan Essies kokosijs.

– Als jongen fietste ik hiernaartoe, dat was zeker een halfuur van mijn huis, maar hier bij Essies moeder moest je je ijs halen, er waren ook altijd een paar van mijn schoolvrienden te vinden. Ik ken hier elke spijker.

Hij slaat met zijn vlakke hand op het plankier waar we op zitten. Bob is, met zijn Zuid-Amerikaanse moeder en een Curaçaose vader van verre Hollandse afkomst, een echte eilandszoon. Hij is licht gekleurd en heeft haar dat in kleine stugge golfjes over zijn schedel loopt.

Ik had het ijs van zijn lippen willen likken.

Later zou hij hetzelfde tegen mij zeggen. Bob zegt alles wat ik alleen denk. Dat is een andere manier van leven, niet makkelijker maar wel vrijer, denk ik. Als ik iets wil zeggen, stokt het, het duwt tegen de binnenkant van mijn tanden maar kaatst weer terug. Ik ben bang dat als ik het uitspreek, de ziel ervan wegvliegt. Zodra je de woorden uit hun kooi laat, krijgen ze een andere betekenis. Het is als met bidden, ik bid niet, maar iedereen heeft wel eens vanbinnen om iets gesmeekt, gebeden om iets af te dwingen, niet zozeer van god of misschien noemen zij die abstracte kracht god, dat kan best. Maar hoe dan ook, ik zou een verschil tussen de toonhebbende en de stemloze smeekbede willen maken; en ik denk dat de laatste echter en krachtiger is dan de toonhebbende, die veel theater in zich draagt.

Het is onvolwassen om je niet uit te spreken, ik weet alleen niet of het bij mij onvolwassenheid is of onmacht. Het is een andere wereld, die waar de woorden uitgesproken worden, waar ze voor mij onmiddellijk hun waarde verliezen, alsof je plompverloren je jurk zou laten vallen en je je zelfverzekerd als een hoer aan een man zou aanbieden...

Ik zou niet weten waarom dat eigenlijk niet kan, dat van die jurk, je moet er alleen wel de goeie jurk voor hebben.

Ik wil dat hij op een leeg strandje gesmolten ijs van mijn buik oplikt. Dat is wat ik wil, maar dat is niet wat ik hem ga zeggen.

Ik heb deze dingen nooit tegen Rudi gezegd, maar hij

heeft ook nooit ijs van mijn buik gelikt. Met Rudi heb ik vroeger ook wel naakt gelegen, op zolders of in schuurtjes, maar meestal toch binnen, of nee, ook wel eens verscholen in een rietlandje, in de Noord-Hollandse weilanden in het vroege voorjaar, fietsen in het voorjaarsgras, wat lijkt dat oneindig ver weg.

We zitten op het plankier, dat even opwipt als er achter ons langs mensen overheen lopen. We hebben ieder al twee ijsjes op, maar we willen nog niet opstaan. Ik heb alle tijd, Ingi speelt bij een schoolvriendinnetje. Alleen met mij puzzelen of torentjes bouwen bevalt haar kennelijk niet meer, ze voelt iets aan. Kinderen hebben die gave. Misschien zoekt ze alvast een ander gezin, voor het geval haar moeder in rook opgaat. Ze heeft gelijk, zij is klein en alleen.

Bob weet wat ik denk. Hij vraagt me of ik een tweede kind zal nemen. Ik ben nu vijfendertig. Alleen als gezelschap voor Ingi. En dan zou ik er een meisje bij in dienst nemen dat het kind in een hangmat wiegt en het pap geeft en dat een vanzelfsprekende aanwezigheid in het huis is, want alle kamers zijn overdag alleen met de strijkende wind gevuld. Ik weet dat ik zielsveel van mijn kind houd, soms droom ik dat zij verpulvert, plotseling tot poeder uiteenvalt en dan wordt mijn hart hol. Ik zeg dat ik geen tweede neem. Hij legt zijn hand op mijn schouder, die naakt is, het bandje van deze jurk strik je om je nek.

– Mag ik dit doen? vraagt hij, nu met een zachtere stem. Natuurlijk mag het. Het is alsof er vanuit zijn hand signalen over mijn hele lichaam gezonden worden. Dan begint hij te fluisteren.

– Ro, ik moet je vaker zien, ik houd het zo niet uit, négri déesse...

Ik knik en lach. Ik wil de woorden zeggen, ik wil zeggen dat ik niet weet waar ik het van verliefdheid moet zoeken. Maar ik ben ook bang voor meer. Ik kan het niet zeggen, mijn mond is een kooi waarachter honden blaffen. Ik doe mijn mond niet open.

– Je moet gaan, het valt op, zeg ik. Ik wil je heel gauw weer zien, heel gauw.

Dat is wat ik zeg, maar ik weet niet eens of ik het ben. Hij drukt een zachte kus op mijn voorhoofd. Dan haalt hij zijn autosleutels tevoorschijn uit de zak van zijn pantalon – ik heb een kinderlijke nieuwsgierigheid naar wat mannen diep in hun broekzakken houden, het zachte gerinkel van sleutels of munten in zo'n diepe broekzak. Hij staat op van het plankier, mijn kant zakt wat naar beneden, hij loopt een eindje weg, steekt zijn hand op en zwaait nog als hij van me af loopt. Bij de lichtblauwe Chrysler draait hij zich naar me om en lacht. Als hij wegrijdt, maakt de motor een lekker, licht ronkend geluid. Van de pomp, een meter of tien naast de ijskiosk, komt de geur van verse benzine gedreven, ik hoor het belletje en het zoemen van de meter.

―――――――――

Naast Ro op Essies omloop begon ik zomaar te vertellen, over de jongen die ik was die daar om de meisjes ijsjes kwam eten. Mijn hart maakte een sprongetje in mijn borstkas, stootte zijn kop en lag aan haar voeten.

Ik vertelde dat bij ons op de gevel 'Hotel Gibraltar' geschilderd stond. Gibraltar was oneindig ver weg, mijn vader had het me op de wereldbol in zijn werkkamer laten zien, Gibraltar lag helemaal in Europa, weliswaar aan de rand van Europa, maar toch. Eén keer per jaar in april zetten twee mannen op blote voeten twee ladders tegen ons hotel en schilderden ieder aan een kant – de een deed HOTEL GI, de ander BRALTAR – de letters in een mooi hel wit dat goed afstak tegen het lichte groen van de gevel. Ze schilderden met een sigaret in hun mond die op een of andere manier altijd bleef branden, en terwijl ze naar elkaar toe schilderden en rookten, zongen ze ook nog samen, om de beurt of tegen elkaar in. Ze hadden koffiebruine ruggen en sterke bovenarmen en toen ik ongeveer acht jaar was en de hele morgen naar die mannen keek, wist ik zeker dat ik later ook schilder wilde worden, in dienst bij deze twee. Maar mijn dikke grootmoedertje Momo, die altijd in haar lange rok op haar schommelbank op de porch aan het lezen was en zelfgemaakte koekjes at, zei dan: 'Welnee, Bobbo, jij wordt helemaal geen schilder, daar heb jij te korte armen voor. Jij, jij wordt schrijver of journalist.' Ze las nog zonder bril en is op die schommelbank gestorven, Momo, in het harnas, een koekje nog in haar hand. Ze moet een groot minnares geweest zijn in haar jonge jaren, mannen vielen voor haar in katzwijm. Haar stem was legendarisch, ik heb haar alleen maar hees gekend, maar vroeger had ze een donkere alt waarmee ze, samen met haar verpletterende schoonheid, de mannen plat kreeg. Ik moet zeggen dat vrouwen met een omfloerste stem mij ook altijd opwinden, Eartha Kitt, Peggy Lee... Helen heeft zo'n stem, er klinkt kracht en ook macht in door, je zult eenvoudigweg moeten gehoorzamen aan zo'n vrouw.

Mijn jeugd rook naar Momo's zandgebak. En na haar dreef mijn moeder, die ook een uitstekende kok was, hotel Gibraltar. Eerst woonden we er zelf en was er op de begane grond alleen het restaurant Gibraltar. Mijn moeder kookte, van de consommé tot de lekkerste ayaca's, kippenpasteitjes in bananenblad. Pas nadat we verhuisd waren, maakte mijn moeder het tree voor tree tot een hotel, een hotelpension met vaste gasten en met op het dak een openluchtbioscoop. Toen mijn vader niet meer in staat was om te werken, deed ze alles alleen. Hij had droog gangreen en daarom moest zijn been worden afgezet. Daarna zat hij de hele dag op zijn kantoortje in een stoel atlassen te bekijken, bemoeide zich nergens meer mee. Zij zorgde goed voor hem. Hij was ingenieur geweest en had enkele fabrieken op het eiland helpen opzetten, onder andere de ontziltingsfabriek en onderdelen van de olieraffinaderij. De ontziltingsfabriek was uniek voor het eiland en zou wel eens de redding van heel wat eilanden in de regio kunnen zijn: drinkwater uit zout zeewater! Dan ben je de broer van Mozes, en mijn vader had erbij geholpen, dus die was toch zo'n beetje een tovenaar, zo sprak mijn moeder altijd over hem. Ze hielden tot op het laatst van elkaar.

Ro luisterde mooi, haar sensuele mond glanzend van het ijs, haar ogen op mijn lippen gericht. Om dronken van te worden.

Sinds een tijdje verzorg ik zondags voor Radio Hoy, de nieuwe zwarte eilandzender, van negen uur 's avonds tot twaalf uur 's nachts het radioprogramma *Het zwart van je ogen*. Wij zeggen 'het zwart van je ogen' voor 'oogappel'. Moderne muziek, meestal jazz en ultramodern klassiek, en tussendoor lees ik belangwekkende poëzie, onderbroken door zo nu en dan het getinkel van ijsblokjes in een glas en mijn gestage stroom trage woorden.

Ze hadden mij gevraagd of ik het nieuws op de radio wilde lezen, nieuws dat je van de telex in lopende zinnen om moest zetten. De laatste nieuwslezer was een gewezen RAF-piloot, 'Pepper' Simpson, die hier als vrachtvlieger verzeild was geraakt. Die Pepper dronk alleen vaker dan hij vloog, het lezen van het nieuws gaf hem wat afleiding. Maar de laatste tijd was hij tijdens het nieuwslezen zo dronken geweest dat zijn woorden echt niet meer te verstaan waren.

Ik moet een artikel voor de krant afmaken. Op zondagmiddag is er bijna niemand op de redactie. De airco overstemt gewone geluiden als het verzetten van een stoel of een hoestje. Het was overigens nog een heel gedoe om airconditioning te krijgen, veel mensen wisten zeker dat je er 'de verkoud' van krijgt. Maar de moderne geest heeft gelukkig gewonnen en sindsdien is niemand ziek geweest, ook zij niet die beweerden dat op een koude luchtstroom een vrijwel onmiddellijke dood volgt.

Op de avond van mijn uitzending eet ik alleen in een hoekje van de eetzaal van het Intercontinental, altijd een steak en rode wijn. Onder dat eenzame diner bedenk ik de lijn waarlangs ik het programma die avond zal leiden, want een man moet een plan hebben, anders neuzelt hij maar wat voort. Mijn grote voorbeeld is een Newyorkse presentator die een jazz- en poëzieradioprogramma verzorgt, *Poetry in motion*. De twee uur die het programma duurt zit je bewegingloos en met een volle blaas uit. Ik ben bang dat hij de avond van zijn uitzending niet in zijn eentje zit te dineren met een blocnote naast zich, aantekeningen makend terwijl hij een steak naar binnen werkt. Ik ben ook erg bang dat hij 'het allemaal van nature heeft', zoals ze wel zeggen.

De wijn geeft de juiste concentratie en met een sigaret en een cognac schieten de ideeën voor die avond me te binnen en ik kalk ze gauw in mijn hanenpoten neer. Ideeën zijn als korte zwangerschappen van een middag of een ochtend die bij het digestief voldragen zijn, je braakt ze uit op een mooi wit velletje en maagdelijk liggen ze daar, je pikt ze op, neemt ze mee, gebruikt ze en om twaalf uur 's nachts, als je hun ware karakter kent, gooi je ze achteloos weg in de wetenschap dat je volgende week wel weer zwanger zult zijn, maar nu van een ander, wie weet beter idee, je vergeet je nazaten in een vuilnisbak.

Ik ben al op weg naar bar El Bar in de Benedenstad, waar muziek klinkt uit de omliggende kamerkroegjes. Een beetje groggy van de concentratie vraag ik me af of Ro vanavond geluisterd heeft, en dat heb ik me voor en tijdens de uitzending wel honderd keer afgevraagd, het maakt me week en scherp tegelijk.

Ik sprak voor, nee, tegen haar.

Ik loop een kerel tegen het lijf die mij vanavond op de radio gehoord heeft (ik ben als journalist tenslotte geen onbekende op het eiland) en die de titel van dit of dat nummer graag wil weten en mijn mooie radiostem prijst en weer weg is voordat ik hem iets kan aanbieden.

Als ik al een tijdje aan de bar zit begint Dodo, de barman, tegen me te praten, hoe het ging met de uitzending en dat het hem spijt dat hij me nooit kan horen omdat hij elke zondag bardienst heeft, maar dat hij van zijn vrouw, of van zijn vriendin, hoort dat het een lekker programma is met gedichten die langs je ruggengraat omhoog kruipen en met muziek waarvan je je liefje vanzelf gaat kussen.

Na zo'n opmerking smaakt een drankje veel beter, al heb ik het al twintig keer gehoord. Ik moet ineens aan het artikel voor de krant denken. Maar voordat ik het geheel in mijn geest kan terugroepen, is daar Elvee, met de letters LV op haar leren pet. Elvee is een goeie hoer, een slimme, want je hebt intelligente hoeren zoals er ook intelligente kappers zijn, al zijn ze dun gezaaid. Ze kust me, wil met me biljarten en meer, maar vanavond wil ik alleen maar Ro in mijn armen nemen. Ik glijd voorzichtig van de barkruk en betaal. Het is niet ver naar huis, ik zou het kunnen lopen, maar ik neem de auto.

15

Alsof het weer oorlogstijd is zit ik aan de radio gekluisterd. Het is zondagavond tien uur en we luisteren naar Bobs programma *Het zwart van je ogen*. Rudi zit in een van de gemakkelijke rieten stoelen op de porch en heeft één oor naar de kamer gericht. De rook van zijn sigaret waait af en toe heerlijk scherp naar binnen. Hij houdt een wijsvinger tussen de bladzijden van een architectuurboek. Ingi ligt allang in bed. Er waait een aangenaam briesje. Ik lig op de bank, mijn hoofd op het grote Perzische kussen. Bobs stem heeft de luisteraars verwelkomd in het Engels – de zender is voor de zwarte bevolking bedoeld – en ons meteen op Nat King Cole getrakteerd. Lichte deining in mijn maag, zijn stem klinkt zwoel en het geluid sist zacht, hij spreekt met zijn lippen heel dicht op de microfoon, stel ik me zo voor, alsof het de mond van zijn geliefde is die hij met zijn trillingen beroert.

Ik sluit mijn ogen en word het donker in getrokken, het is er meegevend, als op een schip van zacht rubber. En de zee is traag en kleverig, zoals ik me mijn ziel soms voorstel. Gedichten zijn geen mooie woorden die we voor ons genoegen lezen zoals sommigen denken, nee, poëzie is het vlees waarmee de ziel zich moet voeden, anders sterft hij af, en dan zijn wij zielloos, gedoemd een leeg leven te leiden.

Ik geniet van Bobs declamatie, zo muzikaal, Walt Whitman en Ezra Pound, Rilke, zelfs Shakespeares sonnetten en een eigen gedicht. Die rasperige stem in een donkere kamer: 'Wie, waar ben jij, zwarte, tegen het blauwdoek van de nacht?' Hij spreekt heel delicaat, laat de woorden als het ware balanceren. Ik ben trots op die stem en ik verlang er geweldig naar dat hij gauw een van die gedichten voor mij alleen zal fluisteren.

Rudi kijkt alweer in zijn boek.

– Voortreffelijk, zegt hij na afloop van de uitzending. Hij leest geen poëzie.

Na het gebruikelijke glas in El Bar ben ik toch niet meteen naar huis gegaan, maar met een groepje blijven hangen dat daarna nog naar de bar van het Osborn ging en toen nog naar een hol waarvan ik het bestaan niet eens kende, Monty, ergens diep in de Benedenstad. Die jonge kerels konden drinken, ik kauw meer op mijn sterke drank, maar deze mannen tankten als bij de pomp. Het waren vier mariniers uit Venezuela en drie Amerikaanse zakenmannen. De twee units hadden elkaar ontmoet in bordeel Welgelegen bij het vliegveld en hadden besloten samen twee taxi's naar de stad te nemen. Ze waren uitgelaten op een ingetogen manier, niet onbeschaafd. Ik was in een humane bui na mijn geslaagde uitzending, dus liet ik me in hun clubje opnemen; ze kwamen druppelsgewijs om mijn barkruk heen hangen als verveelde katten.

Toen ik een van de mariniers – allemaal van die knappe jongens die je vrouw maar op verkeerde gedachten brengen – een sigaret aanbood van het merk Imperiales werd hij meteen opgewonden, want dat was het merk dat zijn vader en broers rookten. Ze wilden weten wat ik deed en ik hing een verhaal op, ook om mijn groteduimspier die ik al een tijdje aan het verwaarlozen was weer eens goed te trainen. Een gouden drankje, een sigaret en spontaan opborrelende verhaallijnen gaan heel goed samen en ik was, zoals gezegd, *in the mood*. Ik vertelde over mijn omzwervingen in de binnenlanden van Zuid-Amerika, waar ongeclassificeerde beesten me verbaasd nakeken alsof ze zelf een zeldzaam dier zagen dat nodig een plek in de boeken moest krijgen. Ik ontmoette agressieve rebellen, die me mijn hele voorraad Imperiales afhandig maakten of indianen, die mijn gouden kettinkje van mijn hals ritsten. Ik vertelde over mijn confrontatie, diep in het stroomgebied van de Amazone, met de echte captain Kurtz, het evenbeeld van de schrijver Céline en even hartgrondig tierend op elke mier van de uitgestrekte jungle, een man die zijn eigen druiper behandelde met mosterdblad, zuring en een oude pot sulfiet die de missie nog had achtergelaten.

De jongens werden verdacht stil, ik had ze liever wat luidruchtiger zodat er niet al te veel aandacht naar de details van mijn verhalen ging, want er zit er altijd eentje tussen die van een of ander feit beter op de hoogte is, 'dat de indianen in dat gebied al een paar eeuwen zijn uitgemoord', dus je moet je spel wel hoog spelen. Ergens vermoedden die jongens wel dat ik het verhaal uit m'n duim zoog, maar ze kwamen daar maar niet achter omdat ik, goddank, nog net op tijd een saillant detail vermeldde of een bijna onmogelijke maar messcherpe anekdote uit mijn kleine hersens opdiepte. Samen met Johnnie Walker is dat topsport om zes, zeven uur 's ochtends, dat snapt een kind. Ze waren een beetje bedroefd toen we in het opkomende zonlicht op straat stonden. Eén vroeg me nog het adres van een dokter die druipers kon behandelen, ik wees hem zó de weg naar onze beroemde huidarts, want het was vlakbij – dus als hij niet te hard liep was hij zeker de eerste van die dag.

In het nog koele morgenlicht komt plotseling Ro tevoorschijn. Ze doemt voor me op. Ik voel me schuldig omdat ik deze hele nacht niet één keer aan haar heb gedacht. Mijn lieveling aan het oog ontrokken door een stel onbeduidende jonge honden. Hoe kon ik dat laten gebeuren? Speuren naar redenen heeft geen zin, want mijn hoofd is gevuld met plukken katoen.

Als je zo vroeg door de stad loopt te zoeken naar je auto en je niet weet waar je hem geparkeerd hebt – bij Radio Hoy, maar daar staat hij niet – dan valt er een oliezwart gat en let je meer op de passanten die naar hun werk gaan, gepikt en gesteven, vet in het haar om de krullen die er 's middags spontaan uit zullen springen te bedwingen. Echte mannen met dunne snorren, liederlijke gedachten en een ochtendsigaret tussen de lippen. In witte overhemden met lange mouwen en manchetknopen en met aktetassen vol onbegrijpelijks onder de arm. De winkelmeisjes in gebloemde en kleurige jurken of rokken met effen blouses. De vrouwen die op agressieve stilettohakken of kittige sandaaltjes uit winkelen gaan, komen pas later. Alleen als ze de beste vis nodig hebben, gaan ze er vroeg op uit of sturen hun meid. Verder onberispelijk geklede, grote zwarte politieagenten, gehaaste winkeliers, leraren en bankemployés.

En dan heb je natuurlijk daartussendoor de mannen in de licht gekreukte pakken van gisteren, met het haar zonder gel iets te plat op het achterhoofd gedrukt en een zweem van een baard, muzikanten, mannen van de nacht, de obers, de nachtportiers of degenen die net als ik een bezoek aan een paar bars hebben afgelegd en het wat later gemaakt hebben. Of die van hun maîtresses terugkeren, vissend naar de sleutels in hun ruime broeken, die slaapdronken in hun auto stappen en de stad uit rijden, naar hun huizen aan de buitenrand van de stad. Daar maakt hun vrouw zich al op voor de dag om met vriendinnen te gaan tennissen, koffiedrinken, zwemmen. Vrouwen die hun man in de kapspiegel minzaam groeten en hem de badkamer in zien verdwijnen, de deur met een nauwelijks merkbaar klikje op slot horen draaien. Twee mensen die elkaars lichamen allang niet meer hebben gevoeld, misschien omdat ze het van elkaar niet kunnen uitstaan dat hun huid hun zo lusteloos voorkomt en op die manier onbarmhartig verwijzen naar een tijd langgeleden, toen het leven nog vol beloftes was.

Ro komt uit een film van Antonioni gelopen, we hebben aangelegd aan deze rots, en verdwijnen erachter, niet wetend wat ons te wachten staat. Ro is elegant, sportief, onweerstaanbaar. Ze heeft een vanzelfsprekende gratie die meteen jaloezie oproept, zelfs bij een man als ik. Zoals zij is, zo zou ik willen zijn als ik een vrouw was, de charme waarmee ze een hoofddoekje omknoopt, haar zonnebril afzet. En die constatering is even dodelijk als aantrekkelijk, het zou betekenen dat als je met je ideale zelf, getransformeerd tot vrouw, zou samenvallen, je jezelf zou opheffen, en wie weet, misschien is dat wel de opdracht voor ons, de menselijke soort. Maar eerst deze taaie rots trotseren met zijn droge vlakte en zijn groenblauwe zee, een lokkend turquoise dat spelende kinderen op het strand al aantrekt, de zee hel met witte schuimkoppen, weerkaatst door de zon, wie wordt niet naar zoiets schitterends toe getrokken?

Ik lig naast Helen, wakker. Moet ik haar vertellen over mijn niet zo gewone verliefdheid op Ro Weller? Het is een onmogelijke opgave om iemand deelgenoot te maken van een emotie die je denken en handelen volledig beheerst, die je zowel tot het hoogste inspireert als tot de domste apenstreek verleidt. Hoe kan je eigen vrouw jou serieus nemen als je haar vertelt dat je een ander intens liefhebt? Wat moet zij met die tijding? Me feliciteren, aanmoedigen, mijn koorts opnemen, me condoleren? We blijven redelijke mensen, idioten misschien, maar aandoenlijk. Doe ik haar zoiets aan? Kan ik het haar kwalijk nemen als ze als een orkaan begint te lachen? En is die hoon dan mijn verdiende loon? Mijn god, dit suffe getheoretiseer leidt nergens toe, woorden brengen me maar op een spoor dat gespeend is van enige zin.

Nee, net als in het leger of in de jungle gelden hier alleen keiharde beslissingen: geen woord over mijn lippen, het is zinloos om als zottekop betiteld te worden, als je er al een bent. Want één ding mag duidelijk zijn: de verliefde weet heel goed dat hij de gevangene is van een illusie en toch wil hij niets liever dan gevangen zijn, zolang hij maar naar zijn lief mag verlangen. Laat ons voor even in deze illusie.

16

Ik ga met Ingi naar de baai, vooral als het druk is. Ingi speelt met het zwarte jongetje Winston en de andere kinderen en ik bestudeer intussen torsen. Rudi heeft een beetje een kippenborst, het borstbeen zit niet op dezelfde hoogte als zijn ribbenkast maar staat iets hol naar binnen. De tors die ik zoek moet anders zijn, mij vreemder, daarom bekijk ik de mannen op het strand. Die met de klassiekste tors zijn vaak het gebronsd en het ijdelst en de witten halen het niet bij de zwarten. Hoewel die niet allemaal een klassieke tors hebben, zijn ze bijna allemaal, behalve een paar lekkere dikkerds en zelfs die, goed gespierd, om vol in te bijten. Misschien moet de tors straks behalve in brons ook in chocola gegoten, daar hebben ze bij bakkerij Suikertoetje wel verstand van...

Ingi loopt met Winston in en uit de zee, ze stappen moeiteloos op het scherpe koraal op het strand, ze moeten steeds lachen, alsof het gaat om wie het hardste lacht, ze stellen zich aan om elkaar te imponeren denk ik, verbazingwekkend hoe vroeg dat al begint.

De tors moet iets meer dan mansgroot worden, zodat hij overweldigend is zonder dat je doorhebt waardoor. Hij wordt abstract, maar net herkenbaar genoeg. Hij moet heel tastbaar zijn, man of vrouw moet hem willen aanraken, over zijn gespierde buik, zijn gladde billen willen strijken.

Ik krijg het erg warm daar op ons strandje aan de baai en kruip onder de mangroveboom. Ingi en Winston stampen nog steeds aan de vloedlijn. Ze pakken elkaar stevig vast en ze duwen een zoen op elkaars mond. En weer de zee in, en de slappe lach. Parels op het water. Ver schaterlachen.

Ik probeer niet aan Bob te denken, maar ik voel zijn hoofd op mijn buik of zijn stevige arm om mijn schouder. Hunkering brandt in mijn maag en hoe ik mezelf ook probeer af te leiden met de kinderen en de torsen van anderen, ik moet de drang onderdrukken om onmiddellijk weg te rijden, naar hem toe, en hem mee te sleuren.

Ik roep de kinderen en deel komkommersandwiches en limonade uit, Winston lacht een verschrikkelijk mooie en uitbundige lach. De twee kinderen leunen etend ieder tegen een flank van mij. Met opgetrokken knietjes zijn ze echte miniatuurmensjes, vriendje en vriendinnetje, een paar. Ze staren allebei in de verte en kauwen monotoon op hun boterhammen. Ik voel hun natte velletjes koud worden tegen mijn warme, met olie ingevette huid.

Mijn verliefdheid op Bob Krone is niet meer te stoppen, laat staan dat ik hem kan vergeten. Ik ben besmet en er bestaat geen remedie. Mijn middenrif ligt voortdurend in een zoete kramp, alsof daar een hand met vol gewicht op steunt.

17

Het was niet de eerste keer dat we uitgenodigd waren voor een feest bij de gouverneur. De eerste keer was een korte kennismakingsreceptie geweest op de binnenplaats en de trappen van het gouvernement. Nu zou het een groot dansfeest worden op de chique Club Curaçao, met een band onder leiding van een plaatselijke beroemdheid.

Het innige contact met Egon Fleischer had Rudi in het aanzien van de elite van Curaçao doen stijgen, we waren zelfs al een paar keer in Egons nieuwe villa te gast geweest. Rudi vond dat ik voor dit gouverneursfeest een nieuwe cocktailjurk verdiende. Dus toen hij met Egon in New York was, kocht hij er drie op Madison Avenue voor me, de een nog schitterender dat de ander. Een nachtblauwe changeant met zwarte tule; een voorname, van een kleur tussen baksteenrood en oudroze, bestikt met goudbrokaat, en een vlotte zebrastreep tout court met bijpassend jasje, tas en schoenen.

Ik liet de keuze voor deze avond aan Rudi over, de jurken waren alle drie even smaakvol, voor mijzelf zou ik nooit zoiets extravagants gekocht hebben. Het is mij om het even wat ik aanheb, al dwingt het ene kledingstuk je meer een rol te spelen dan het andere. Rudi had de witte tropensmoking aan die hier voor dit soort gelegenheden gepast is, ik hielp hem met zijn cummerband en zijn vlinderdasje. Hij was gespannen, vloekte toen het met de handgestrikte vlinderdas niet meteen lukte. Ben Tak en Egon Fleischer zouden natuurlijk komen, en rechter Bon en dr. Stein, de olie- en scheepsdirecteuren en zowat alle hoogwaardigheidsbekleders waren uitgenodigd, wist hij.

Voordat we gingen aten we ieder een halve sandwich, want later op de avond zou er zeker een rijk buffet zijn.

– Ik zou het op prijs stellen, begon Rudi kauwend, als we proberen de conversatie vanavond op een hoog peil te houden.

Verdacht hij me ergens van?

– Ik stel voor dat we smalltalk vermijden, en proberen recht op ons doel af te gaan.

Ik begreep niet goed waar hij heen wilde.

– Wees alsjeblieft niet verlegen of bescheiden met je kennis over kunst. Ik weet dat het indruk maakt op mensen als jij over beeldhouwers en schilders begint en van daar komen we vanzelf op architectuur, snap je? Het is uiterst belangrijk dat ik vanavond een verdomd goeie indruk maak, er zijn belangrijke mensen die mij kunnen steunen voor de Rothschildprijs, en dat is weer onze toekomst.

Ah! Ik begon het langzaam te begrijpen. We zouden daar straks kennelijk niet voor onze lol zijn. De jurk en ik moesten indruk maken, voor hem.

– En nog iets. We moeten oppassen met de cocktails, liefje, het stijgt zo naar je hoofd en je weet wat er dan kan gebeuren...

– Wat dan?

– Wat er altijd gebeurt als mensen te veel cocktails drinken...

Flirten? Struikelen? Loslippigheid? Hij stond op en kuste me, hij was lekker glad geschoren, zijn lippen rustten even in al hun zachte vertrouwdheid op mijn blote schouder. Ik kon het niet laten aan Bob te denken, wie weet was hij er vanavond.

– Maak je geen zorgen, lieverd, zei ik, maar het was of een ander deze woorden uitsprak.

Een gedistingeerde grijze neger met witte handschoenen vroeg om de sleuteltjes en ging de auto parkeren. Wij liepen naar de statige, U-vormige patio, ik hoorde de tule van mijn nachtblauwe cocktailjurk ruisen. Als we verwacht hadden dat we door iemand verwelkomd werden konden we dat gevoegelijk vergeten, het enige wat ons tegemoetkwam was een dienblad met groene, oranje of blauwe cocktails, waar ik er een van nam, Rudi keek me even aan en pakte er zelf toen ook maar een. Meteen bij de ingang zagen we al bekenden, de Takjes, de Fleischers en verderop de Simonsen, dr. Stein, de chirurg, en dr. De Léon, de tandarts, en nog meer smaakvol geklede mensen die ik niet allemaal bij naam kende, maar van wie er in ieder geval één Beatrice 'Bi' Nunes Nunez was, de vrouw met de scherpste tong van het eiland, die niet eens een roddelrubriek in de *Curaçao Herald* nodig had, zoals de ook aanwezige societycolumniste Joan Burrel, die al uitgebreid bericht had over Rudi's aanstaande Rothschildprijs en zijn belangrijke betrekkingen met Egon Fleischer. Hij kwam net op ons af en hield ons zijn zilveren sigarettenkoker voor met daarin de niet te missen inscriptie: 'To Egon Fleischer from Ari Rothschild'. Ik nam een van zijn platte Egyptische sigaretten, er kwam een gouden Dupont bij kijken en ik speelde in dat decor mijn rol dubbel goed, blies nonchalant een tabakje van mijn lip en zag ineens dat er half boven de kraag van Rudi's tropensmoking uit – het stond hem bewonderenswaardig goed, alle mannen hier kregen er iets voornaams door – een prijskaartje tevoorschijn piepte. Ik legde mijn hand in zijn nek, zoende hem vluchtig op zijn gladgeschoren wang, fluisterde mijn bevinding in zijn oor en duwde in één beweging door het kaartje terug. Egon nam me bij mijn elleboog en zei dat hij mij aan iemand wilde voorstellen, Rudi in mijn kielzog dwingend.

Het wemelde van de naakte schouders en de strapless jurken, pronte decolletés en zoveel prachtige benen dat niemand het iemand kwalijk kon nemen als een blik iets langer dan gemiddeld bleef hangen.

Gouverneur Gerard Struys en zijn vrouw stonden handen te schudden. Egon leidde ons ernaartoe, de wachtenden negerend. Mijn jurk ruiste shakespeariaans, ik voelde de ogen van sommige vrouwen in mijn blote rug priemen.

– Shon Grandi! riep Egon de gouverneur met enige ironie toe, de Wellers, je kent ze al, Ro is een uiterst talentvolle beeldhouwster en de állermooiste vrouw die ik ken, en je herinnert je natuurlijk Rudi Weller, onze architect die kandidaat is voor de Rothschildprijs en ook al zo'n knap en uitzonderlijk talent dat ons Curaçao in de vaart der volkeren zal doen opstomen! Zeer belangrijk voor ons en onze moeders! Want wat we ook doen, we doen het voor onze moeders die ons geboren hebben doen worden, wat ook wel eens een heldendaad genoemd mag worden! Wij drinken op hen!

Egon had de gave om elegant te flemen. Gouverneur Struys werd er verlegen van, hij hief zijn glas en lachte Egon toe, van deze man kon hij nog wat leren, al zou hij nooit die typische flamboyant-caribische uitstraling krijgen. Madame Struys leek iets minder van Egon gecharmeerd, ze stond alweer met een onbekende dame met een opgetast blond kapsel uit de rij wachtenden te praten. Ik verheugde me bij het idee dat ik straks een highbrow conversatie met haar zou voeren en hoe ik haar dan met een paar onalledaagse kunsthistorische termen en beroemde namen om de oortjes zou slaan.

Ik bekeek de dansenden, de voluptueuze vrouwen van

wie er nog al wat waren die hun luchtige jurken lieten wapperen, de soepele mannen haanden er gewiekst omheen, één hand aan de cummerband en ééntje verstrengeld met de partnershand hoog boven hun hoofd. Er waren er ook die volstrekt niet konden dansen, Hollanders uiteraard, en in plaats daarvan onbedoeld komische sprongen maakten voor hun wat beschaamde vrouwen of vriendinnen, die dan maar zo'n beetje meelachten, wat moesten ze? Zou het fabeltje waar zijn dat wie stijlvol kan dansen ook goed is in bed? Er werd hier zo kundig met de lendenen gewerkt dat je je niet aan die vergelijking kon onttrekken.

Rudi, Egon en Ben Tak stonden te praten met een dikke man met een borstelige snor en een donkere bril, de juwelier Izak Felix, die voor de oorlog Europa ontvluchtte en als eenvoudige horlogemaker op het eiland was begonnen. Met zijn compagnon George Forbes groot geworden door het Amerikaanse toerisme, hadden zij nu ook een vestiging op New Yorks 5th Avenue.

Jacky, de echtgenote van Egon, hing op een elegante manier op de gouverneurssofa met een groepje vrouwen om zich heen. Veel van die vrouwen hadden een briljanten halsband of driedubbele rijen parelkettingen om, sommigen hadden briljanten én een bril maar waren desondanks knap en stuk voor stuk hadden ze opvallende jurken aan, één had zelfs de haremlook aangedurfd, de heteluchtballonvariant. Hoe dan ook, míjn creatie misstond beslist niet.

– O, Ro! riep een van hen, kom bij ons alsjeblieft, we vervelen ons dood zonder jou... Deze vrouwen hier kunnen alleen maar recepten uitwisselen of over hun man of hun doodvermoeiende seksleven praten...

De vrouwen gniffelden als *partners in crime*, een aantal

had de knellende bandjes van het huwelijk voor de ogen van hun mannen afgeworpen en geëist een spannender leven te mogen leiden dan een alleen gevuld met taarten bakken en de-kinderen-naar-school-en-blokfluitles-brengen. Zonder de goedkeuring van hun man was er hier ook wel wat te halen, de feesten met knappe buitenlandse zakenmannen, de diplomatieke ontvangsten, de officieren en de matrozen – die vrouwen wilden wel eens een tastbare beloning voor hun charmes. En stille plekken in baaien en op boten, daar waren er hier genoeg van.

De vrouwen keken me allemaal verwachtingsvol aan alsof ik me als hun geestelijk leider over hen moest ontfermen.

– Ja, Ro, vertel jij als kunstenares eens wat boeiends, iets over het boetseren, die natte klei aan je handen, dat aardse, word je daar soms niet wild van?

Als kunstenares had je vanzelf wilde haren en losse zeden.

– Ja hoor, daar word je wel eens wild van, Jacky. Het is als massage maar dan met een homp klei.

– Een *kleiage*?

Ze gierden het uit.

Moest ik ze van de tors vertellen? Van de inderdaad bijna-vrijage die ik vandaag met mijn tors had toen ik de billen maakte, een beetje zoals God dat met Adam moet hebben gehad. De perfecte bil of buik maken is zo opwindend. Het zou te veel op een bekentenis lijken als ik mijn gevoel nu aan deze vrouwen zou prijsgeven, bovendien was er veel te veel lawaai en was de sfeer te luchtig voor zulke ontboezemingen, het interesseerde ze niet wezenlijk. Leer mij ze kennen, die sophisticated sofadames, ze waren alleen in erotiek geïnteresseerd omdat ze anders van verveling in slaap vielen op dit eiland, waar je altijd tegen de warmte moest opboksen, die grote Sluimeraar die er elke seconde op uit was je in een droom te lokken. Daarom hielden ze van die luidruchtige feesten en daarom praatten ze er hard, alleen maar om wakker te blijven. Dit eiland en de eilanden eromheen werden, toen ze in de zestiende eeuw ontdekt werden, niet voor niets de 'Islas inútiles', de nutteloze eilanden, genoemd. Er was niets dat de veroveraars wakker hield, geen goud, geen edelgesteente, geen landbouwgrond, geen drinkwater. Een harde, trotse rots die zich uit zee verhief, verder niets.

– Ik moet zeggen dat ik bepaalde vormen die ik klei, ik zeg gewoon maar kleien, zo bijzonder is het ook weer niet, dat bepaalde vormen hun sensualiteit hebben, meisjes, ik zou maar gauw eens op les komen als ik jullie was...

Geknik en gemompel, gevolgd door een paar schaterlachen en het aansteken van sigaretten met een loodzware verzilverde tafelaansteker – niemand hoefde bang te zijn dat die straks in een van de portemonneetjes van de dames zou verdwijnen.

– ...bepaalde vormen blijf je strelen en bepotelen...

Weer gegrinnik en gegiechel.

Een zwartere ober in een witter pak zag je nog niet eerder. Hij serveerde de cocktails die gretig van het blad genomen werden, er werd meteen aan gelurkt.

– Ro, 'bepotelen', wat is dat eigenlijk voor taal? riep er een.

Jacky Fleischer zoog de cocktail door het rietje en rookte tegelijk, uit haar flinke neusgaten wolkte de rook als bij een draak met lipstick.

– Dat is toch het beste woord voor wat ze doet, zei ze, be-po-te-len, dat is ook wat je man op zondagochtend met je doet...

– Of jij met hem...

Weer harde lachsalvo's. De rake replieken waren niet van de lucht.

– We komen graag les bij je nemen, Ro, leer je ons dan de fijne kneepjes van het oude handwerk?
– Mogen we alle vormen maken in jouw les? Ook de verboden fruitmand?
Ik zei dat ik m'n neus ging poederen. Ik was blij dat ik de blootste van Rudi's drie jurken aanhad, door alle openstaande tuindeuren en ramen woei gelukkig een briesje. Ik vroeg me af waar Bob op dit moment zou zijn.

Rudi wenkte me met een subtiel gebaar, maar ik snakte naar een beetje buitenlucht. Hij en Egon stonden met wat anderen te praten. Ik maakte duidelijk dat ik zo bij ze zou komen staan, maar hij zette zijn gebaar zoveel kracht bij dat ik niet anders kon dan me bij hem voegen. Hij legde onmiddellijk zijn hand op mijn schouder en in zijn vingertoppen voelde ik zijn spanning. Ik wist het, ik had me vast niet genoeg als zijn vrouw gedragen, hem daar alleen laten staan, hem niet genoeg gesteund. Dat alles was uit die hand en zijn blik op te maken, maar hij ontspande geleidelijk en reikte me hoffelijk een cocktail aan, een oceaanblauwe, de rand van het glas behangen met schijfjes fruit en minuscule importbesjes.
Ik, en een heel aantal vrouwen hier, wist heel goed dat dit gedrag van ons verlangd werd, zo waren de fatsoensregels. Maar diep onder al die leuke jurken en petticoats, in onze geest, bestond een heel ander beeld van onszelf. Veel nietsontziender, slagvaardiger en krachtiger. Gefnuikt talent en overtollige energie ging nu naar wisecracks, cakes en de laatste Amerikaanse modebladen. De meesten van ons vielen onze mannen, die ons zo nodig hadden, niet af, ook niet onder elkaar, een goedgeplaatste opmerking van een stel niet ongeestige bitches daargelaten. De vrouwen konden heel Zuid-Amerikaans verongelijkt zijn, superieur misnoegd, nuffig beledigd, maar zuur waren ze niet. Zu-

righeid is een typisch Hollands product.

Mannen die hun vrouw als hun gelijke wilden zien waren er wel, maar in de minderheid. Bob was volgens mij zo'n man, en dr. Stein. Rudi niet, die vond dat hij te veel te verliezen had en kon zijn zwakke kant alleen aan mij laten zien. Dat eiste mijn loyaliteit. Maar tot op zekere hoogte. Ik zat op feesten vaak op de wc even te briesen om tot mezelf te komen. Terug onder de feestenden speelde ik dan mijn rol verder. Ik zag Rudi glimmen wanneer ik me bij hem voegde en ik zag aan zijn ogen dat hij me liefhad. Of was het trots? Trots die aan iedereen getoond moest worden?

Ik kreeg kramp in mijn wangen van het moedwillige glimlachen. Van de conversatie tussen de mannen ving ik nu en dan een zin op, die het volgende moment al uit mijn hoofd verdwenen was. Ik volgde de dansenden op de patio, bekeek de mooie jurken en pakken, de elegante bedienden. Het voordeel van niet aan een gesprek hoeven deelnemen is dat je gewiegd wordt op de fuga van stemmen, de muziek en het algemene geroezemoes om je heen, en natuurlijk doen een paar glazen vruchtenpunch hun goede werk.

Zo verbeeldde ik me dat ik op de patio Bob zag, in een wit linnen pak en met een geraffineerd loshangende stropdas, hij sprak met iemand die door de deurlijst aan het oog onttrokken werd. Er schoot een paar volt door mijn hart. Hij keek net even mijn richting op alsof hij gemerkt had dat mijn geladen blik in hem priemde, maar hij draaide zich terug naar zijn gast en onmiddellijk weer mijn kant uit. Stan Laurel had het hem niet kunnen verbeteren, ik moest hard lachen en die lach viel als een geknapte ballon middenin het vertoog van Egon Fleischer, die dacht dat ik hem complimenteerde.

Ik durfde nauwelijks op te kijken. Bob proostte uit de

verte naar me. Hij was het echt en waarom ook zou hij hier niet zijn? Ik had geen moment aan die mogelijkheid gedacht omdat ik hem in heel andere kringen voor me zag, maar misschien was hij er beroepshalve, als spion.

– ...vind je ook niet?

Rudi had iets verkondigd en ik wist natuurlijk niet wat, want ik keek al een hele poos vlak over de schouder van Egon Fleischer terwijl ik probeerde Bobs telepathische woordenstroom te verstaan. Ik knikte en lachte maar wat geiterig naar Egon. Misschien had ik daarmee de nazi's verdedigd of de president van Amerika mijn liefde verklaard, ik kon mijn blik maar niet van Bob afhouden en moest snel iets bedenken om in zijn buurt te raken. Ik fluisterde in Rudi's oor dat ik m'n neus ging poederen, naar Franse les moest, de gouverneur ging wurgen, iets. Ik verontschuldigde me allercharmantst, ze onderbraken er hun debat gelukkig niet voor, en daar ging ik, nonchalant in de richting van het terras. Vlinders waren het niet, daar in mijn buik, meer een nest jonge en warme slangen die vergeefs met elkaar om een ligplek vochten.

Ik liep met mijn lege glas naar het buffet en liet me door de barman een gin-tonic inschenken, wat Bob genoeg tijd moest geven om naar mij toe te komen.

Ik hoefde minder dan een minuut te wachten, hij begroette me omstandig en theatraal gaf hij me een handkus, waarbij hij zijn zachte lippen tergend lang op de rug van mijn hand liet rusten, er liep elektrische stroom naar mijn navel. Als we onder een straatlantaarn zouden staan, konden we hem samen van energie voorzien.

– Ik ben zo verliefd op je, Ro Weller, fluisterde Bob in m'n oor, hoor je het? Mijn hart bonkt bijna m'n overhemd uit...

Het is heerlijk om begeerd te worden, ogen te zien die jou zoeken, jouw blik indrinken, verstandhouding eisen. Een minnaar te hebben die het liefst met jou een auto, een garderobe, een bijkeuken in wil verdwijnen. Een begenadigde positie, die je boven al het sterfelijke uit doet toornen.

De keerzijde ervan is een ondraaglijke zuigelingenhonger als deze toestand er even niet is. Dit verlangen kan rampen aanrichten. Als de liefde haar zin niet krijgt, gelden de wetten van het oerwoud. En erger.

Ik had maar één pak dat in de buurt kwam van een smoking en alleen een net wit overhemd waarvan het boordenknoopje zoek was, maar wel bezat ik een smalle zwarte stropdas die een hoop goed kon maken. Ik knoopte hem zorgvuldig om en droeg hem, net als helden van het witte doek, met enige ruimte onder de adamsappel, nonchalant en onweerstaanbaar, de sigaretten gingen in de binnenzak van het colbert. Helen gaf er haar goedkeuring aan, hoewel ze vond dat de das bij aankomst fatsoenlijk geknoopt moest zijn om gedurende de avond geleidelijk aan losser te raken.

Dat Helen en ik voor het dansfeest bij de gouverneur op de Club Curaçao waren uitgenodigd, dankten we vermoedelijk aan het feit dat deze gouverneur een hardnekkige fan was van mijn rubriek in de *Curaçao Herald*, waarin ik de spot met de politiek dreef. Hij kon daar met zijn droge Hollandse humor wel van genieten.

Ik wist zeker dat Ro en Rudi er zouden zijn. Rudi was hard met zijn Rothschild-opdracht in de weer en op weg een echte hidalgo te worden. Even zakte het peillood van opwinding op mijn middenrif, om op spanning te raken voor wat komen ging. Onder het rijden kreeg ik het warm en trok de das wat losser, maar ik hoorde Helens speelse 'eh-eh' en zij schoof hem weer vast.

Wij liepen het terrein van de Club over in de richting van de patio, waar lampionnen waren opgehangen en de muziek luider was. Behalve mijn baas John Lansberg waren er niet veel van de krant, ik kende de meesten wel van gezicht of naam, maar laten we zeggen dat het niet mijn dikste vrienden waren die daar aanwezig waren. Ik had niet veel vrienden, ik was te vaak en te bezeten aan het werk of in het buitenland om ze te houden, natuurlijk had ik een paar heel goede vrienden en vriendinnen om wie ik veel gaf en met wie ook nog goed te drinken viel. Daarom was ik, koerantiertje, verdwaald tussen de upper ten van dit eiland, veroordeeld tot gesprekken met een paar collega's, eindeloos en altijd weer over de enerverende politieke ontwikkelingen in Zuid-Amerika, met de favoriete onderwerpen señor en señora Perón. Of ik beperkte me tot smalltalk met de Chanelgeurige ambtenaars- en doktersvrouwen, van wie bekend is dat er heel wat aan amfetaminen verslaafd zijn geraakt, omdat ze die als eetlustremmer slikken om in die schitterende zandloperjurken van ze te passen. Ons werden intussen cocktails en schelpjes kaviaar aangeboden door zwarte bedienden, die er al oberend op een onnavolgbare manier in slaagden hun trots volledig te behouden, zodat je blij was iets van ze geserveerd te krijgen. Ongewild stilden ze daar ons schuldgevoel mee, het schuldgevoel over het lot van hun betovergrootouders die misschien wel als slaven door mijn voorouders hiernaartoe waren gesleept, naar dit kleine, taaie rotseiland, waar alleen iets wenst te groeien door volharding en toewijding en een eindeloos geduld.

Wie zich op dit soort gelegenheden altijd heel onopvallend en charmant gedraagt is Fred de Vries, onze hoffotograaf. Zijn grote verdienste is dat hij elk aspect van dit vlekje op de wereldkaart op celluloid zet, van de *koenoekoe*, ons dorre platteland, via het stadsleven tot aan de macrofotografie van de acne op de ruggen van onze mariniers, want onze doktoren hebben wetenschappelijke ambities. Voor Fred de Vries is alles even interessant en is het allemaal werk, en omdat hij één keer een briljante foto in *Life* geplaatst heeft gekregen, hangt hij met zijn stille Leica bij elke societygebeurtenis nonchalant rond en schiet zijn platen lui vanuit een rieten stoel, minzaam vanachter een palm, brutaal vanuit het midden van de dansvloer. En voor wie geen poep in zijn ogen had, was er ook heel wat gaande. Helen kende hier nog meer mensen dan ik en werd meteen ten dans gevraagd door mij onbekende mannen die hun kans schoon zagen.

Ik wist zeker dat ik Ro tegen zou komen en bereidde me er al een tijdje op voor. Toen ik haar in de verte in een oogverblindende avondjurk zag staan dacht ik dat er een mortier in mij ontplofte, een hevige pijn schoot door mijn borst en ik moest mijn ogen afwenden om niet ter plekke door een kolk te worden verslonden. Dat klinkt misschien overdreven, maar het is precies zoals ik het zeg. Wat een verschrikkelijke kracht is verliefdheid! Ik heb dat tot nu toe niet geweten, het is zoals ze altijd zingen inderdaad iets om aan ten onder te gaan, iets oceanisch, en ervan loskomen is zo makkelijk niet. Ik ben tot idioot bevorderd, maar ik vind niets heerlijker dan dat en de beloning is gevaarlijk hoog.

Ik zag Ro omtrekkende bewegingen maken. Het beste zou zijn als we elkaar legaal aan de drank- en punchtafel tegen zouden komen. Geprezen zij de taal der geliefden, op een afstand van twintig meter begrepen wij elkaar uitstekend, ze liep inderdaad in de richting van de drankentafel. Die vrouw was zo mooi in de helblauw satijnen stof van haar jurk en de zwarte tule die haar omhulde, een zeldzaamheid die je heel soms in een indringende dans ervaart of vanaf een top uitkijkend over een landschap, één moment waarop schoonheid en emotie samenvallen in opperste gelukzaligheid. Dit was nu en ze stond naast me, ik kon haar aanraken, begroeten met een kuise zoen op de wang of met een traag uitgespeelde handkus. Ik probeerde me een gebaar voor te stellen waarbinnen ik haar eindeloos teder maar onzichtbaar kon omhelzen. Tot me nemen was beter gezegd. Met de lippen van een paard betastte ik de rug van haar hand om daarna als een baviaantje in haar te klimmen en bij haar oor aangekomen, haar in alle talen 'ti amo, ljoebeljoe' toe te fluisteren. Mijn armen groeiden en wilden haar overal aanraken.

18

Antonio doet zijn best om onze tuin een minder woestijnachtige aanblik te geven, hij legt fortificaties en muurtjes aan zodat het zand en de kleine kiezeltjes niet over de porch rollen, maar veel is er niet tegen gewassen. Achter op het terrein, bij de waterput, groeit een struikgewas waardoorheen hij een klein pad met de machete vrijhoudt. Ook om de kleine geiten die er wel eens grazen een uitweg te bieden, want meestal verdwalen ze al etend in de struiken en komen jammerlijk mekkerend vast te zitten in de doornige takken.

Een van de plekken waar ik het beste na kan denken is op de waterput. Het grote deksel van grijs uitgeslagen hout ligt op de put. Dat deksel is warm van de zon maar niet heet, zodra je je plek maar even met schaduw hebt afgedekt wordt het koel onder je. Ik zit met opgetrokken knieën op het deksel en het enige wat je hoort is wind en een geheimzinnig hol geluid uit de put.

Nadenken is een groot woord voor wat ik hier doe. Het is meer het wilde paard van mijn fantasie volgen. Mijn innerlijke stem praat tegen me, spreekt me tegen en stelt vragen. De beelden zijn steeds bezet met Bob, soms met, soms zonder mij, maar terwijl ik die foto's of scènes voor mijn geestesoog draai raken ze verzadigd van een gloed. Mijn liefde voor hem tilt mij naar een andere wereld. Ik zou met hem naar de meest afgelegen plekken kunnen reizen, de Zuidpool, Vuurland, Alaska. Alsof ik met hem de zee op een vlot kan bevaren, zo gemakkelijk. Waarom naar de uithoeken van de wereld? Om daar met hem alleen te zijn. Zo'n liefde opent de weg naar alles wat je tot nu toe niet gedaan hebt of gedurfd, misschien lijkt avontuurzucht wel op liefde. Waar ik vroeger bang voor was, bestaat niet meer. Het is van een ontzagwekkende kracht, maar ook *plus fort que moi.* Met je tong uit je mond moet je jezelf proberen bij te houden.

Dat het allemaal op een illusie berust doet er niet toe, misschien zal er sprake zijn van een truc. Om op deze hoogte te komen hebben Bob en ik tenslotte helemaal niets hoeven doen, elkaars hand aanraken was voldoende om onszelf in goud te veranderen. Maar voor hoe lang nog?

Als ze me echt nodig heeft roept Gwenny een paar keer 'Mevrouw!' met een Engelse r, ze is van een van de Engelstalige eilanden verderop. De meisjes van Curaçao willen geen dienstmeisje spelen, dat herinnert ze te veel aan het slavenbestaan van hun voorouders, ze willen liever doktersassistente of advocaat zijn. De verre voorouders van de meisjes uit Engelse koloniën Trinidad of Saint Kitts zijn natuurlijk ook slaven geweest, maar op Curaçao is werk voor ze en daar niet, al moeten ze om het halfjaar een paar dagen terug, omdat de Hollandse autoriteiten op dit eiland als de dood zijn dat ze Hollandse staatsburgers willen worden met alle bijbehorende privileges. Voor mij is Holland zover weg, de vrienden en de familie daar komen alleen af en toe in een brief tot leven, in mijn hoofd leiden ze een wassenbeeldenbestaan. De fotootjes die wij van hen ontvangen stralen zoveel braafheid uit, oerdegelijk als de blokfluit en de klokrok. Dus teruggaan ben ik nog lang niet van plan, het klimaat en de sfeer bevallen me hier te goed en ook Rudi en Ingi genieten ervan. Ingi heeft nog nooit sneeuw gezien, behalve op de plaatjes van haar kinderboeken. Ze luistert samen met Rudi naar muziek, naar iets heel moderns, vooral de rode plaat van

Schönberg vindt ze mooi, ze ligt tegen hem aan en droomt weg op de klanken die een heel andere wereld verbeelden. Net als voor mij toen ik hem leerde kennen, draait Rudi vaak moderne componisten voor haar, Webern en Alban Berg, en onder de muziek begint Ingi dan te vertellen wat ze ziet, hele wandelingen maakt ze door eindeloze gebouwen, waar de vloerbedekking van wolken en de wanden van snoepmatras zijn en waar zachte reuzenhanden je door alle kamers en gangen rollen.

Misschien is het voor het kind niet goed dat ik zo in de geest afwezig ben. Misschien moet het allemaal afgelopen zijn. Maar nu kan ik die grootmoedigheid nog niet opbrengen. Ik heb weinig te willen. Ik kan me niet voorstellen dat ik Bob niet meer zou zien. Nooit meer zijn hand tegen mijn hand, dat zou belachelijk zijn. Er zijn er die krankzinnig van verlangen zijn geworden.

– Mevrouw! Mevrouw!

Ik heb er niets van gemerkt dat Gwenny al minutenlang naar me roept, ze loopt op haar slippers als een dolle over het terrein. Ze is stakerig, draagt een bril en heeft benige vingers die ze vaak peinzend over haar gezicht wrijft als ze iets moet beantwoorden of iets op te lossen heeft.

– Mevrouw! Please!

Ik spring van de put en loop haar tegemoet.

– Mevrouw, I did not know where you were! Haar stem slaat over van verontwaardiging en ongerustheid. Zij slaat met beide handen op haar schort.

Ik leg een hand op haar schouder en vraag haar wat er dan is.

– Ingi fell at school...

Ingi is met haar tanden door haar lip gevallen, een bloedbad, maar alles is in orde. Juffrouw Jackson van de school belde. Ik kan alleen maar net als Gwenny met de handen over mijn mond stilstaan, een kleine hagedis schiet weg onder een steen. Alles wat had kunnen gebeuren zie ik versneld voor me.

– She is lucky. You are a lucky family... Mister also called, he has to stay late...

We lopen samen terug naar het huis.

Waarom ik plotseling naar de Makaayschool moest weet ik niet. Ik zat op de krant net een fel artikel over de eilandpolitiek te schrijven.

Bij wie nooit een horloge draagt zit de tijd als orgaan in het lichaam. Onwillekeurig neem je de verschillende standen van de zon waar, de lichtinvallen die horen bij dat uur van de dag. Je geest leest het klokorgaan met een marge van tien minuten af. Dit is nog maar een klein trucje van de menselijke geest. Wat er bijvoorbeeld niet allemaal bij komt kijken als wij autorijden, welke processen, waarnemingen en afwegingen er dan onbewust gemaakt worden is oneindig complex. Er wordt gezegd dat het invoegen op een drukke weg minstens een even grote kunde is als het vermogen van de bosjesman om aan voetsporen en afgebroken takken te zien welk dier er op welk tijdstip langs die route is gekomen.

Ik was goed geconcentreerd aan het schrijven, toen er in mijn hoofd iets als een deksel op een ijzeren vat viel. Het was een onheilsgeluid. Ro kwam mij voor ogen en ik voorvoelde gevaar, al wist ik niet welk. Ik heb mijn tikmachine onmiddellijk gelaten voor wat hij was en liep het gebouw uit, rende naar mijn auto en toen ik hem startte en eigenlijk helemaal niet wist wat ik aan het doen was, kwam de naam Makaay in me op. Ralf zat op een andere school, maar langs de Makaayschool was ik wel vaker gekomen. Ik reed er regelrecht naartoe en toen ik de straat in draaide zag ik Ro's Chevrolet staan. Ik schrok. De auto stond slordig met een voorwiel op de stoep geparkeerd en het portier zat niet helemaal dicht. Hier zat Ingi natuurlijk op school, maar het was geen pauze en ik zag geen auto's van andere ouders. Ik had me zorgen om niks gemaakt, Ro zou straks verschijnen en verbaasd opkijken. Het was een idiote onderneming, maar door mijn intuïtie te volgen was ik toch maar hier bij haar auto gekomen.

Ik opende het portier van de Chevrolet en rook de hitte die zich met de geur van de skai bekleding vermengd had, daarbovenuit heel licht, maar heel aanwezig, Ro's parfum, dat mij wee maakte. Ik ging achter het stuur zitten en snoof nog meer lucht op. Mijn hand op het hete skai van de stoel naast me als mijn hand op Ro's dij, die natuurlijk in het echt heel anders aanvoelde, verbeelding is maar een arme bedelaar en heeft heel weinig nodig om tevreden tegen een boom aan te schurken. Mijn hand plakte aan die gladde huid, ik merkte dat ik mijn ogen had gesloten. Gelukkig kende niemand me in deze straat. Deze auto bedwelmde me, ik moest eruit, maar een geweldige loomheid hield me binnen. Ik wilde Ro omhelzen, in deze auto. En het interesseerde me niet of de hele school met zijn neus tegen de ruiten gedrukt stond en meekeek. Op de achterbank van haar auto.

19

Ik ben onmiddellijk naar de school gereden en ren het klaslokaal van Ingi binnen, haar jurkje zit onder het bloed, maar ze lacht en wijst me de tafel aan waar ze met haar kin op is gevallen. Ik inspecteer even de snee in haar lip, maar die bloedt gelukkig al niet meer. Ik bedank een onzichtbaar wezen dat mijn kind voor erger behoed heeft en ik heb de aandrang om bij de dichtstbijzijnde toko pakken met snoep voor alle kinderen te kopen en uit te delen. Ik bedank juf Jackson, zoen Ingi op haar neus en verdwijn uit de klas.

Als ik terugloop staat Bob daar ineens tegen mijn zilveren Chevrolet geleund, ik schrik. Hij komt op me af en noemt me lieverd en omhelst me en drukt me stevig tegen zich aan. We kijken elkaar aan en schieten allebei vol, en weer noemt hij me lieverd en kust me waar hij me maar kan raken en ik zoen zijn warme en zachte nek en hals en wang en mond en tranen wellen en als we elkaar weer aankijken is het stil en kijk ik in zijn ogen, die van kristal lijken. Ik begrijp niet wat hij hier doet, hij weet het ook niet, iets dwong hem hiernaartoe te gaan, zegt hij, en toen zag hij mijn auto bij de school en is hij blijven wachten omdat hij zich ongerust maakte en toen ik terug kwam lopen van de school maakte hij uit mijn houding op dat ik aan iets ergs ontsnapt was, wat wist hij niet maar het beroerde hem en daarom omhelsde hij me zo. Hoe kon hij dat weten? Zoiets vaags dat hem dwong was hem nog nooit gebeurd, maar hij vindt het heerlijk, en hij drukt me van innigheid bijna plat tegen zijn borst en ik wil niets liever dan hem, hem zo stevig dat het bijna pijn doet tegen me aan voelen, alsof ik hem door mij heen wil persen, als een noodzaak. En als ik hem toefluister dat ik hem zo, zo graag wil, fluistert hij terug dat hij ook zo naar mij verlangt, dat dit hem nog nooit is overkomen, dat hij er niets van snapt.

We overleggen koortsachtig hoe we het moeten aanpakken en hij stelt voor dat ik mijn auto bij de markt zet en dat hij mij daar komt ophalen, dat hij een kennis bij het Intercontinental heeft die hem door de dienstingang binnen kan laten. Ik vraag me even af hoe hij dit weet, maar ik blijf er niet bij hangen want we moeten discreet handelen, hoewel we daar alle twee geen zin in hebben, we willen als idioten gillend over straat rennen, onze kleren uittrekken en iedereen die we tegenkomen verbijsteren. We schuifelen al in onze gedachten in een nauwe dienstgang achter elkaar achter iemand van de schoonmaakploeg aan, die ons door een misjmasj van trapjes en gangetjes naar een suite brengt...

Maar als ik wil instappen bedenk ik me, ik kan de consequenties nog niet overzien, het is te vroeg. We begeven ons op gevaarlijk terrein, al lijkt het nog zo onbevangen en onschuldig en volkomen gelegitimeerd door de passie die ons allebei tegelijk heeft overspoeld. Nog een geluk dat niemand ons daar op straat gepasseerd is.

Ik zit in zijn auto en we praten, hij houdt mijn hand vast en streelt die, terwijl elke veer in ons tot het uiterste gespannen is. Ik stel voor dat we naar een van de baaien gaan. Hij laat zijn auto bij de school staan en stapt over in de mijne. Zegt dat hij van mijn stoere rijstijl houdt.

We zijn naar een afgelegen baaitje gereden. We hebben op een stuk rots gezeten en eindeloos met elkaar gesproken, Bob heeft mijn hand gepakt en me gerustgesteld en we zijn gaan zwemmen in de baai en hebben ons overgegeven en in het water de liefde bedreven, als dolfijnen, zo glad als onze huid was. Het had niets van wat lust genoemd wordt, terwijl het puur opwindend was, huid op huid, vloeiend, sensueel. En toen gebeurde het, hoe zal ik het noemen: ik werd opgetild en met gemak het universum in geslingerd. Wie ik, of de wereld, was, loste op. Er was alleen stroperig blauw water en de zon brandend op mijn oogleden.

Ro en ik zijn bij het oude landhuis gekomen, waar een jongetje van een jaar of acht zijn hand in het open raam van de auto steekt en we hem wat munten geven. Op zijn blote voeten rent hij naar zijn grootmoeder op de veranda in haar schommelstoel, onder een pergola van droge takken en gooit het geld in haar schoot, onmiddellijk daarna springt hij lenig op een van de lage muurtjes en kijkt ons na, hoe de auto het redt op de scherpe witte stenen van het pad dat naar het bomenbaaitje leidt, een rotsige baai waar bijna nooit iemand komt, waar langs het pad loofbomen groeien die je in de omgeving nergens anders ziet. Als het te heet wordt kun je onder die loofbomen gaan liggen, vooral 's avonds en 's nachts gaan jonge mensen hier soms heen om te vrijen, want thuis kan het niet.

Het onvermijdelijke is gebeurd. Ro en ik zijn gaan zwemmen en hebben in het water gevreeën en het was met niets te vergelijken, niets dat ik kende. Het water gaf ons een onbekende vorm en wij spraken een taal die wij nog nooit gehoord hadden.

We slenteren over het kleine strand, het zachte witte koraalzand brandt aan onze voeten. Deze liefde voelt meteen gevaarlijk. Zonder dat we ons uitspreken zijn we bang dat hij alles ontwricht en uiteindelijk onze gezinnen zal vernietigen. Dit is een liefde die alleen kan bestaan door alle banden door te snijden, tabula rasa te maken. En alleen als dat wat we achterlaten, hoe ver op dit ogenblik ook, ons niets meer zegt en ons hart niet meer raakt, zou dat mogelijk zijn.

Ro zoekt schelpen en ik slinger ze weer in zee. Het dode koraal aan de vloedlijn maakt zijn mooi tinkelend geluid, alsof het van luchtig gips is.

Een zeearend, de warawara, die al een tijd op een tak zat, vliegt nu op en maakt een glijduik in zee. Na enkele seconden rijst hij als een feniks op met in zijn klauwen een spartelende vis. Hij kan hem ternauwernood houden maar vliegt toch vlak boven ons om zijn vangst te laten zien.

We zitten op een in zee uitstekende rots en houden elkaars hand vast zonder elkaar aan te kijken. Deze liefde moet eindig zijn. Dat maakt me niet ongelukkig. Ro Weller is een vrouw die in mij nooit gekende gevoelens losmaakt, maar ik ben in staat deze vonk en mijn genot los te zingen van mijn aardse staat van echtgenoot en vader. Ik begin loom in het Engels een gedicht op te zeggen, en de verdere middag zoeken we naar fraai geslepen stenen en naar woorden die het origineel zo dicht mogelijk benaderen.

20

Ik schenk de ijsthee met de ijsblokjes in kristallen glazen. Bob is een stukje het terrein op gelopen. De verkoeling van de ijsthee geeft me plotseling een rilling van geluk, de bries, die mijn dunne jurk lichtjes op doet waaien, het koude glas tegen m'n wang, Bob die in de verte verstild over het terrein uitkijkt.

Het is hondsbrutaal om degene met wie je net de liefde bedreven hebt uit te nodigen voor een glas in het huis waar je man en je kind wonen, maar die brutaliteit bevalt me. Bob aarzelde toen ik het voorstelde, dacht dat ik mijn verstand verloren had. Dat had gekund, ik had het niet erg gevonden.

Ik heb dit nog nooit gedaan, het geeft me sereniteit en beheersing. 'Als een perfecte vorm' is de frase die ik in mijn geest hoor en ik strijk denkbeeldig met mijn hand over een gladde bolling, een albasten vaas? Misschien een bol buikje of een gespierde bil. Ik neem waar met mijn handpalmen, oppervlakten, textuur, steen, hout, staal en huid. Dan zie ik het beeld voor me.

Het lijkt of ik boven mezelf uitstijg, mijn hele lichaam tintelt en prikt nog van het water en de zon. Het is alsof ik, als ik mijn arm zou uitstrekken, Bob in de tuin aan kan raken. Heel kinderlijk. Ik fluister zijn naam en hij kijkt inderdaad even naar me op maar hij is zover het terrein op gelopen dat ik zijn gezichtsuitdrukking niet kan zien. Waarom kan hij hier niet wonen? We bouwen een ideaal werkhuisje op het terrein. Onze ménage vindt niemand vreemd. Helen heeft een minnaar, Rudi een minnares.

Het zou allemaal zoveel gemakkelijker zijn en waarom ook niet? Mijn vriendinnen zijn het met me eens, al vinden ze het een mannelijke gedachte. Al eeuwen houden de mannen er hier hun *by-sides* op na, bezitten zij het exclusieve recht op hun echtgenoten. De vrouwen moeten het niet wagen deze mannen 'de oren te snijden', alleen als hij geen geld op tafel kan leggen is ze wel gedwongen een andere man te nemen. De vrouwen hebben het maar te accepteren, ze vullen hun eeuwige dagen met het brouwen van middeltjes 'om paai thuis te houden'.

Ik ben ooit één keer heel erg jaloers geweest. In het begin van onze verhouding schonk Rudi met plezier nogal veel aandacht aan een meisje dat we vaker tegenkwamen op de kunstenaarsfeestjes, en op een of andere manier waren zijn lach en aandacht voor haar heel anders dan voor mij, en hij was ook anders. Zij fungeerde misschien als vangnet, mocht het met mij niet zo lopen als voorzien, we gingen nog maar heel kort met elkaar om. Hoewel ik wist dat het een truc was, ben ik nog nooit zo jaloers geweest, wist ik daarvoor niet eens wat het was. Op een avond werd me duidelijk wat withete jaloezie was, wat 'iemands bloed wel kunnen drinken' betekende. Een onaangename gewaarwording. Ik sloeg mijn knokkels tegen een muurtje en bezeerde me ernstig, een gekneusd handbeentje en ik was wekenlang niet in staat wie dan ook een linkse directe te verkopen. Ik besloot dat ik die jaloezie nooit meer van mijn leven wilde ervaren. Ik liet een luik neer in mijn hoofd en dacht er niet meer aan. Ik keek uit het raam van mijn kamer, zag een Triumph langsrijden en stelde me voor dat als ik rijk was, ik een rode sportauto wilde hebben.

Ik moet Ingi nog van school halen, bedenk ik met een schok. We vertrekken overhaast. Onder het rijden houdt

Bob zijn arm achter mij uitgestrekt en streelt de hele weg als gehypnotiseerd mijn rug. Ik zet hem een straat voor de school af. We nemen afscheid van elkaar in een opwindende verwarring.

Ingi springt op het schoolplein blaffend tegen me op, haar tanige meisjesarmpjes klemmen zich om mijn nek. 'Mijn mama is de liefste,' zegt ze tegen me, terwijl de andere kinderen langslopen. Het bloed op haar jurkje is van een ingedroogd roze.

Ik voel me onmiddellijk gedeprimeerd nu hij weg is, duw het kind van me af en probeer ruw en zinloos het bloed van haar jurkje te wrijven. Dat met Bob moet een incident blijven, houd ik me voor als de andere schoolkinderen langs me heen rennen. Mijn dagdromerijen hebben me begoocheld.

De zon valt vlekkerig door de takken van de tamarindeboom midden op het speelplein. Aan de voet ervan liggen de paarse peulen die de kinderen met stokken uit de boom slaan en er dan het zuurzoete vruchtvlees met hun tanden uitschrapen.

Ze heeft naar me geglimlacht met allesbegrijpende ogen. Mijn handen tastten naar haar lichaam. Ro heeft zacht iets in mijn oor gefluisterd – nee, ik zeg niet wat – terwijl zij naar de zeekant en ik naar de strandkant keek. Ze heeft zo zacht gesproken dat ik haar naar mijn oor toe trok, haar wang en haar kaak in de zachte klem van mijn arm, om niets te missen. En toen zij uitgesproken was keek ze me aan en glimlachte, en hoe vertrouwd ik toen, als een lievelingszoon bijna, tegen haar schouder leunde... Ik ben altijd diepbedroefd als we weer uit elkaar moeten.

Op de veranda schenk ik een bourbon in, met twee klontjes ijs. De zon zakt snel, de gewenste koelte zal zo komen, magere hagedissen wriemelen zich al onder de stenen van de slavenmuren tevoorschijn, straks komt Chico ook, mijn leguaantje, die krijgt van mij een banaantje.

Maar één keer eerder heb ik zo'n heftige verliefdheid gekend. Ze heette Regina Olympe, wat een fantastische naam is voor een vrouw die grootser dan het leven was. Ze had een wespentaille, Regina Olympe. Ze was een vriendin van mijn moeder en kwam vaak in de keuken een glaasje likeur drinken, waarom in de keuken weet ik niet, misschien omdat mijn moeder altijd bezig was iets te bakken, pasteitjes of cakes. Regina Olympe had prachtige jurken met een gelakte zwarte ceintuur strak om haar middel, ik was daardoor gefascineerd omdat mijn moeder, net als de meeste vrouwen in mijn omgeving, mollig was en helemaal geen taille had, maar bij Regina Olympe, zag je haar heupen door de gebloemde jurken heen steken. Het hypnotiserende aan haar was, behalve één gouden hoektand, haar decolleté. De knoopjes van haar jurk stonden op barsten, het vlees bloesde er vol bovenuit, zo zacht en rond en goudbruin dat je er onmiddellijk in wilde bijten als in een ovenvers taartje, je er helemaal in verstoppen. Ik was straalverliefd op Regina Olympe, die toen minstens dertig jaar geweest moet zijn. Ik was tien en ik had echte hartkloppingen als ik de keuken naderde, waar ik haar stem hoorde en als ik haar zag en zij mij aanhaalde en tegen zich aan drukte, viel ik bijna flauw van genot, ik rook haar mierzoete parfum en dronk alle woorden in die ze zei. En op mijn wolk begreep ik alles. Ze sprak met mijn moeder over haar man die haar niet goed behandelde, haar soms sloeg, haar geen geld gaf, een man die veel tijd bij andere vrouwen doorbracht en heel moe was omdat hij daar veel sliep. Ik hoorde en begreep alles en had vooral 's avonds in bed eindeloos medelijden met mijn geliefde. Ik zei dat ze heus wel bij mij mocht slapen en toen lachten zij en moeder heel hard, maar ik wist dat als ze naast me lag, ze me in haar decolleté zou smoren, waar ik dan zolang mogelijk in zou proberen te blijven, in dat donker waar het zoet en zout tegelijk rook en waarvan je sterretjes ging zien. Ik dacht hierbij misschien nog niet aan seks, maar ervoer wel de oceanische sensatie, het bedwelmende erotische ervan. Zo'n roes is een kind helemaal niet vreemd, hij wiegt toch juist ook graag van zijn ene genot in het andere, slapen, snoepen, zuigen, gewiegd worden, liggen in zijn moeders armen, terug naar de zaligheid van de voorgeboortetijd, naar het eenzijn met het lichaam van zijn moeder. Is dat alles dan géén erotiek? Dacht iemand soms dat je die gevoelens pas ontwikkelt als je geslachtsrijp wordt? Onbeholpen gedachte en een belediging voor de complexiteit van lichaam en geest. Regina Olympe, geslagen en vernederd, gecrepeerd aan een dodelijke ziekte, ik heb de stoet achter haar kist voorbij zien komen en kan het slepende ritme nog zingen dat op de *tambú* geslagen werd. Haar dood doodde ook mijn sterke liefde, hij is met haar in het graf gedoken.

Tot de mond van Ro Weller mijn verliefdheid wakker kust. Zie het voor je: Ro en Regina Olympe die zich verdringen en zich sissend in mijn ziel branden. Ik wil het uitschreeuwen, tegen de zee, over de toppen van bomen heen, van de enige berg af die dit eiland rijk is. Maar ik blus het vakkundig af met een amberkleurig drankje in een hoog glas met een paar blokjes ijs. Ik voel hoe de drank mijn zenuwen omspoelt en ze tot bedaren brengt.

Een zonsondergang is van huis uit geen kitsch. Maar als ik zie hoe de zwelpompoen vanaf het terras achter de kim zakt, weet ik het niet meer zo zeker. Ik vind het een nogal onbescheiden natuurverschijnsel en oranje is nou niet wat je noemt een gangbare kleur. Maar iemand die gelukkig is moet niet klagen over romantische iconen die misbruikt worden door de ansichtkaartenmaffia...

De adrenalinestroom die door verliefdheid door je stelsel vloeit is samen met het vuurwater een godsgruwelijk lekker en levensgevaarlijk mengsel. Dat er een persoon is die deze pomp open en dicht kan draaien, is een heerlijke maar ook een onverteerbare gedachte. Zoveel explosieve macht in handen van één mens moet onmiddellijk en bij de wet verboden worden.

De Barlovento dobberde een eindje op het Caribische Bekken. Wij mannen hingen ontspannen op de bankjes. We hadden de zeilen los en dronken langzaam onze flesjes bier.

Rudi had gezegd dat hij op snapper wilde vissen, maar de hengel lag nog onaangeroerd in het vooronder. Hij zeilde voorbeeldig, een mathematisch en ordelijk mens, informatie komt bij hem gestroomlijnd binnen en slaat zich dan ook in de hersens waarschijnlijk wel in overzichtelijke compartimenten op.

Hij stuurde de boot de luwte in en vroeg om nog een bier, begon te lachen, te giechelen bijna. Ik moest een eed zweren 'iets' niet te vertellen. Ik zwoer – ik zweer altijd wel gauw, dat zit in mijn aard, maar ik geloof er niet in, zoals ieder weldenkend en nieuwsgierig mens die iets moet zweren *my ass* denkt en later wel weer ziet.

– Je weet hoe druk het op ons kantoor is...

Ik knikte.

– We hebben een extra tekenaar en een stagiaire in dienst genomen, alles loopt nu perfect.

Hij ging verzitten, schikte zijn zwembroek en nam een slok van zijn bier. Zijn gezicht was goud gebruind en gaf hem een viriele uitstraling. Hij snoof de zeelucht diep in.

– Die nieuwe jonge krachten zijn fantastisch, de tekenaar Franky Gomez is een talent, hij is hier van het eiland en ik ben van plan hem te gaan begeleiden en alles in het werk te stellen om hem ergens, Amerika of Holland, een architectenstudie te laten doen. En die Renske is uit Holland over voor een éénjarige stage, ze is ambitieus en ook zo getalenteerd, ik weet niet wat jouw ervaring op de krant is, maar ik ben onder de indruk van jonge mensen, ze zijn zoveel sneller van denken en handelen dan wij.

Ik was benieuwd welk duister labyrint hij mij binnen zou leiden. Ik wachtte af en lurkte aan mijn donkergroene bierflesje, waardoorheen ik de ongenadig verzengende zon bekeek.

– Ik maak veel overuren, en met Renske vonkt de samenwerking al vanaf het begin, we brainstormen 's avonds laat over de Rothschild-opdracht en zij komt met de ene briljante opmerking na de andere, het is bijna gênant.

Hij is verliefd.

– Ik moet het iemand zeggen, Bob, ik ben verliefd op die meid.

Ontpopte hij zich in de zinderende warmte van Curaçao tot de Don Juan die altijd al in hem had liggen sluimeren?

– Ik weet niet wat me gebeurt...

Liet zijn relatie met Ro toch iets te wensen over? Ik probeerde zo koel mogelijk te blijven en slobberde wat aan mijn bier.

Nee, nee, het had niets met Ro te maken, Ro is hors concours, het was het werk, de spanning van die grote opdracht, dat snapte ik toch wel, die nauwe samenwerking met iedereen, alsof het magie was, en dan raakt het erotisch geladen, een natuurlijk gevolg ervan, dat is zo gek toch niet? Nee, ze hadden echt niets met elkaar gedaan, ze gebruikten hun explosieve aantrekking voor het werk, voor een topprestatie op kantoor.

O, ik moest toegeven dat hij het aantrekkelijk en werelds kon brengen, zodat het volstrekt zinnig en aannemelijk klonk, en op dat gebied kon ik nog wat van hém leren, hij moest wel een begenadigd minnaar zijn. Het was hem gelukt me jaloers te maken, terwijl ik verdomme verliefd was op zijn vrouw! Wat spookte hij werkelijk op dat kantoor met die meid uit? Ik begon ineens te twijfelen aan mijn eigen libidineuze kunnen, iets waar ik me eerlijk gezegd tot nog toe nooit een concreet laat staan meetkundig beeld van had gevormd, maar de omstandigheden leken me daar nu toe te dwingen, hoewel ik geen vergelijkingsmateriaal had. Precies dát is misschien wel de basale eenzaamheid en het trieste lot van iedere viriele man, dat hij zijn eigen maatstaf moet zijn. Dat hij, als hij het al durft te vragen, uitgerekend de vrouw over zijn belangrijkste vermogen moet laten oordelen.

Vertelde Rudi wel de hele waarheid over hem en de stagiaire? Wilde hij van een last af? Of probeerde hij mij alleen te imponeren? Eén ding zou hem mogelijk kunnen tegenhouden en dat was dat je op Curaçao vrijwel niets geheim kunt houden en voor die wijsheid hoef je niet lang op dit eiland te wonen. Ro en ik bijvoorbeeld bevonden ons eigenlijk al aardig ver in gevaarlijk water... Maar wie weet, bedacht ik ineens in een koortsachtige poging om mezelf in achterdocht af te troeven, misschien speelde Rudi wel een vuil spelletje met mij, omsingelde hij me met mijn eigen wapens...

Welnee, herstelde ik mezelf. Een verliefd man haalt zich licht dingen in zijn hoofd. Vooralsnog dobberden hier een stel vrienden op de onbegrensde zee, twee Odysseeërs met net genoeg bier voor een uurtje of drie en met een onstilbare dorst naar meer, naar kennis, drank, succes, macht en vrouwen. Dat het maar eens gezegd is. In ieder geval dekten die begrippen tenminste de lading van een maximaal te leven leven... We spraken zo'n beetje dezelfde grootspraak. Ik misschien met een wat ironischer toets. Rudi vond dat ethiek voorzover mogelijk toegepast moest worden, maar waar dat niet kon hoefde je niet te kronkelen als een worm.

– Natuurlijk is het bedriegen van je vrouw tegen mijn of jouw ethiek, zei hij, maar omdat op het leven an sich tegen geen enkele prijs gekort mag worden, ben je wel verplicht gehoor te geven aan je impulsen.

– Verplicht?

– Je vergooit je leven anders. Een doodzonde! Er is niet maar één leven, zoals er niet maar één identiteit is.

– Vertel mij wat, maar het klinkt gek genoeg toch net als een smoes.

– Luister, de ultieme opdracht in dit leven is om eruit te halen wat erin zit, dat vind jij ook. Alleen kun je nooit weten wat er onderin een donkere doos in een zwartgeverfde ruimte zit, dus alles wat zich voordoet als iets nieuws moet je onderzoeken. Met talent of zaad is het hetzelfde. Je mag het niet verspillen.

– Zaad wel. Zaad moet van jou verspild.

– Je bent zelf vast ook niet altijd de honkvaste echtgenoot geweest die je nu speelt...

– Nou...

– Schei uit! Trouw is toch geen absoluut begrip, trouw is vloeiend. Als het absoluut was, zou je geen seconde van de zijde van je vrouw kunnen wijken, je zou geen eigen leven hebben, alleen als vrijgezel of rat...

– Maar wie schrijft voor dat je altijd en overal je kansen moet grijpen?

Het was even stil.

– Een stem in mij die ik autoriteit toedicht.

– 'God' wil je het niet noemen, maar...

– Je mag het een goddelijke stem noemen, maar ik vind dat verwarring zaaien. Het is een influistering, noem het inspiratie. Feit blijft dat diezelfde stem mij helpt bij het ontwerpen van gebouwen en het vinden van goede, soms briljante oplossingen. Het is een stem van iets dat ik vertrouw.

– Helemaal?

– Helemaal. Maar ik ben zelf verantwoordelijk voor mijn daden. Het is niet de stem die mij dwingt iets te doen.

– Je wilt het dus zelf ook.

– Ja. Ik adoreer Ro, dat weet je, maar het is onmogelijk om me andere vrouwen te ontzeggen omwille van trouw aan haar alleen. Stel dat mijn vrouw mij om een reden van innige trouw of diepe liefde wil opsluiten in huis, ik en jij zouden dat niet accepteren.

– Maar je kunt je toch ook niet eindeloos in een licht ontvlambare staat bewegen zonder te beseffen wat je op het spel zet?

– Nee, ik wil ook niks op het spel zetten. Daarom zeg ik ook niets.

– Is dat niet laf?

– Ja, het is laf, maar dan zijn ook de stoplichten op een kruising laf, heldhaftiger zou natuurlijk zijn iedereen dodelijk tegen elkaar aan te laten knallen, niet?

En Rudi lachte zelfingenomen en oreerde voort over de voor hem onweerstaanbare erotische verlokkingen in de buitenwereld. In zijn ogen was zijn bedrog kennelijk een vorm van intelligentie, van beheersing van een serieus en ingewikkeld levensspel. En dus uiteindelijk een zaak van overleving.

Hij gaf hoog op over Ro. Hij hield zoveel van haar, te veel om in een eenheid uit te drukken. Zij was van albast, onaantastbaar hoog had hij haar op een sokkel geplaatst, onbereikbaar voor een ander maar ook voor hemzelf, hij kon alleen het vitrinelicht aanknippen en haar achter glas bewonderen. En hij bewonderde haar. Hij zei dat als het ooit zou moeten, hij weer voor haar op zijn knieën zou gaan, want hij heeft haar gesmeekt toen zij elkaar nog maar kort kenden. Zij straalde een zekere onverschilligheid, of liever gelijkmoedigheid uit en hij werd onzeker of zij wel bij hem wilde horen. Toen is hij door de knieën gegaan, niet als effect, hij had dat juist heel erg moeilijk gevonden, maar omdat hij de noodzaak van die overgave inzag en met zijn hoofd in haar schoot heeft hij haar gevraagd met hem te trouwen. Ze had hem overladen met kussen en gezegd dat nog nooit iemand voor haar op de knieën was gegaan en had toegestemd.

Ze waren negen jaar getrouwd nu. Goedzak Rudi bleek een Blauwbaard, cipier van albasten beelden, maar hij had zijn blauwe baard afgeschoren zodat niemand, ook Ro niet, hem herkende. Hem was alles toegestaan. Hij wapperde met zijn wereldse en erudiete geest, maar slechts om de geur van zijn angst weg te wuiven. Hij was zo dol op Ro dat hij haar bij leven wel zou willen balsemen of in ieder geval een touw om haar sierlijke hals hangen, als dat niet te veel zou opvallen.

Lichtkogels dansten voor mijn ogen. Alles wat hij over Ro te berde bracht deed elke pees in mijn lichaam aanspannen, elke kruimel ving ik met mijn hondachtige bek op en proefde hem als een delicatesse.

Als ik 's avonds in de koelte van de passaat op mijn porch zit en het vertrouwde rommelen van Helen in de badkamer op de achtergrond klinkt, hoor ik het geluid van de nacht, het ademen van de natuur, en dan valt mij een gedachte in. Zo moet een buitenechtelijke liefde worden voorgesteld: als schaken terwijl de schaakborden, zoals in het Chinese bordennummer, schuddend op hun stokken staan te draaien en het van het grootste belang is zowel het schaakprobleem op te lossen als de borden draaiende houden. Dat houdt alleen een duivel vol.

Verliefdheid begint niet met bedrog. En verliefdheid is niet alleen aan pubers voorbehouden, wij kunnen er ook wat van. Maar wij, de bezoedelden, hebben man of vrouw en kinderen en die moeten allemaal omwille van de liefde bedrogen worden. Of bedrogen... misleid. Maar waar ligt de brug naar echt bedrog? En tot hoe ver mag zelfmisleiding gaan? Hoe lang was ik van plan daar eigenlijk mee door te gaan?

Onmogelijke en onpraktische vragen. Geen wezen in de natuur dat zichzelf zulke vragen stelt. Ik stel ze louter om de echo ervan te horen. Of om in schijndialogen met Rudi elkaars nieren te proeven. Of om te merken dat Helen razend op mijn slapen bonst.

En denk niet dat het voorbehouden is aan mannen, Ro bedrijft haar bedrog op dezelfde geraffineerde manier en wie weet wat Helen allemaal uithaalt? Wij hebben geen weet van elkaar. De waarheid is iets voor accountants, ben ik bang. De waarheid is een puzzel van duizenden stukjes die door een eenzame figuur minutieus in elkaar gezet wordt tot het een gecraqueleerde Franse tuin met bewolkte lucht geworden is, die op een dienblad onder het bed geschoven wordt en waarboven de puzzelaar de zotte slaap der tevredenen slaapt.

21

Ik probeer hard te werken. In het huisje op het erf, dat ik tot mijn atelier gemaakt heb, is het koel, er komt net genoeg daglicht binnen, zo blijft de klei ook vochtiger. De koele ruimte maakt het me makkelijk mij te concentreren. Ik werk zo dicht mogelijk bij het raam, zoals je dat wel ziet op oude schilderijen waarop een ambacht getoond wordt. Het werken aan de tors geeft me meer voldoening dan anders. Omdat hij het grootste stuk is dat ik ooit gemaakt heb? Ik weet het niet, het massieve van dit lichaam is in de kleine ruimte erg aanwezig, de kracht ervan heeft mij in zijn bezit. Ik bewonder beeldhouwers als Barbara Hepworth die in steen werken, uit keiharde materie een sensuele vorm kunnen houwen. Wie weet begin ik er ook eens aan, je krijgt er massieve armspieren van waarmee je iemand liefdevol kunt wurgen.

Als ik 's nachts naast Rudi in bed lig voel ik me niet schuldig, alsof wat Bob en ik hebben me toekomt. Waarom dat zo is, weet ik niet, het is ook geen verraad want ik hou van Rudi. Maar we hebben zo onze eigen levens, binnen het gezin dat we zijn.

Mijn tors is nog steeds niet af, ik blijf eraan veranderen, de balans vinden tussen de lijfelijke aanraking en abstractie. En is dát soms verraad? Ik begin te kneden in een nieuw brood om de klei zacht te maken, om mijn tors zo nog indrukwekkender, nog meer van mij te maken.

Plotseling overvalt me de gedachte dat straks alles onder mijn voeten zal wegglijden, de rotsbodem en de vloer van het huis, alles zakt als wrakhout alle kanten op en de aarde splijt. Had ik de boel maar niet moeten ontwrichten met mijn kokette gedrag, ik ben veel te ver gegaan, veel te ver voor een huwelijk, overspel als dit is strafbaar, weet ik dat niet? Niet alleen voor de gewone wet, nee, volgens een heilige ongeschreven wet, dat is niet een kwestie van geloven maar van pure ethiek, en ethiek is niet door filosofen uitgevonden, niet door mensen. Tot sommigen dringt het nooit door, die voelen alleen even iets als een krampje in hun buik, maar het staat voor eeuwig in hun ziel gegrift. Deze heiligheid van voorschriften, van trouw en ontrouw, van leven en dood, van de wet voor ons stervelingen, zit ons ingebakken. Iedereen weet wanneer hij de grenzen heeft overschreden.

Ik heb deze dingen nog nooit gedacht, zeker niets over heilige wetten, ik weet daar niks van en ik wil er ook niks mee te maken hebben. Ik houd op met kneden want er trekt ineens een schaduwachtig verdriet over me heen.

Ik heb Bob op de krant gebeld en gezegd dat ik hem moet spreken. Ik moest ermee ophouden, er zou iets gebeuren, zei ik tegen mezelf, veel groter dan ik aan zou kunnen. Ik was bang. Hij hoorde aan mijn onvaste stem dat er iets mis was en stelde voor om te gaan zeilen, misschien zou de deining van het zeewater mij kalmeren. Ik betwijfelde het. Hij kon vrijnemen, moest alleen zijn auto bij de garage ophalen. Ingi logeerde bij Lola.

Ik zat in de schaduw op het terras van de zeilclub Campari-soda te drinken, Bob was er nog niet, ik was veel te vroeg. Ik genoot van de mooi gelakte boten en de tikkende vallen, van zeilers in witte kleding met hun lichte bootschoenen die soms piepen als ze over metaal of hout slieren. In een jachthaven is het leven altijd mild en zorgeloos.

Het duurde lang voordat Bob kwam, hij was al minstens een halfuur te laat, ik wist dat er iets tussen gekomen moest zijn, hij zou me niet zonder reden laten zitten. Na bijna een uur kwam hij met een taxi aan. Zijn auto bleek een verdacht defect aan de stuurkolom te hebben, misschien een levensgevaarlijke zoutaantasting waardoor de stang op afbreken stond, zo erg dat zijn garagist voor de zekerheid een kruisje had geslagen voordat hij met zijn verklaring kwam.

Hij kuste me op mijn wang en fluisterde hoe hij er in de taxi vol ongeduld naar verlangd had me te omhelzen, maar we hielden ons gedeisd. Ik was opgelucht dat het euvel aan zijn auto ontdekt was, zodat hem gelukkig niets meer kon gebeuren. Was dat, lachte ik, geen blijk van ware liefde, als je gek van bezorgdheid wordt wanneer je geliefde iets te lang wegblijft? Ik raakte in verwarring omdat wat ik straks met hem op de boot moest gaan bespreken – de beëindiging van onze liefde, als zoiets al kon – mij nu zo geforceerd en ja, zelfs tegennatuurlijk voorkwam.

De reflectie van het water deed het gelakte hout van de boot glimmen, mijn eigen gympjes piepten op het dek toen ik opstapte. Alles wat je aanpakte, van mast tot fokkentouw, was brandend heet en ik had ook nog spierpijn in mijn handen van het kneden van vanochtend, maar het kon me allemaal niet schelen en ik zag uit naar het moment dat we ver genoeg uit de kust waren om elkaar te omhelzen.

Bob trok me in zijn armen, mijn lippen tegen zijn zachte hals, die naar hem en zonnebrandolie rook. Ik zei dat ik deze rust bij Rudi allang niet meer vond, er moest altijd zoveel, er was geen tijd. Bob vertelde dat hij zijn leven lang geoefend had in stilliggen, vroeger al, toen hij alleen de zee op voer.

Het oefenen in stilliggen nu ging gepaard met het gelijk worden aan de deining, als een foetus in vruchtwater. Je vergeet het, maar deining was de eerste en gewoonste gewaarwording in je leven, de afwezigheid van water deed ons als baby's juist huilen. Welk geluksgevoel moet ons die negen maanden ten deel zijn gevallen dat we ons later pas op ons gemak voelen als we in armen gewiegd worden of dansen of als we door de intensiteit van een orgasme gedesoriënteerd raken en via een uitgekiende lus als herboren – tijdelijk, altijd maar tijdelijk – terugkomen. Zijn lage stem zette zijn trilling voort in mij, het bromde aangenaam in mijn trommelvliezen.

Bob streelde mijn haar. 'This is mortality. / This is eternity.' Of ik van Marianne Moore hield. 'What is our innocence, / what is our guilt? All are / naked, none is safe.'

Ik had veel van haar gelezen, kende hij Emily Dickinson? Hij werd wild, een van zijn favoriete dichters...

– 'Wild Nights – Wild Nights! / Were I with thee / Wild Nights should be / Our luxury!'

We zaten meteen rechtop, de boot schommelde vervaarlijk, we omhelsden elkaar joelend, als bakvissen bijna.

We zeilden rustig op de jachthaven af, de vanzelfsprekende vrijheid die er midden op het water geweest was trok geleidelijk aan als een net. Wie zaten er op het terras, wie zag Ro Weller met koerantier Krone zo frivool het haventje binnen lopen? Het sociale klimaat onder onze vrienden was niet zo kleingeestig, maar je wist nooit welke ogen je zagen en welk belang ze hadden bij hun kostbare informatie. Dit eiland was te klein voor privacy. Maar waarschijnlijk zag niemand ons, wie stelde er belang in een kajuitjachtje naar zijn ligplaats te volgen? Ons herpakken in het zicht van de haven droeg bij aan het gevoel van afscheid, van de gepaste afstand die nodig was om elkaar niet mee te trekken in een liefdesaffaire die wellicht te ingrijpend voor onze levens zou zijn. Het was beter het zo te laten, daar was veel kracht voor nodig, net als om van welke verslaving dan ook af te komen.

Het schemerde toen we in mijn auto stapten, het was snel later geworden op het water. Rudi werkte die avond, Helen bleek naar haar kookclub en al het lesmateriaal moest na de les ook nog opgegeten worden door de meisjes die hun lijn daar zonder meer voor opofferden. Niets lette ons om als afscheid een lichte snack te gaan eten in de Soda Fountain.

We waren rozig van het water, en de deining en de hitte zaten nog in mijn lichaam, aan de westkant tekende zich een paradijselijke lucht feloranje met lichtblauw af. De zandweg van de jachthaven was onverlicht, in de verte zag je de gelige lichten van de raffinaderij die helemaal niets fabrieksachtigs uitstraalden, eerder een indruk van een vurig romantische hel gaven.

We wisten welke parel we aan het weggooien waren.
We waren triest zonder dat hardop te zeggen.

Hoewel er nog net voldoende daglicht was, knipte ik de koplampen van de auto aan, de weg werd door aaneengesloten begroeiing wat donkerder en het koplamplicht zou de kabrietjes aan de kant van de weg afschrikken, hopelijk lagen die ergens achter deze struiken rustig te kauwen in de ondergaande zon. We verlangden allebei wel naar een koel glas drinken en een ruimte met airco, gelukkig woei er door het rijden wat wind door de auto. Mijn zonnebril stak in mijn haar en af en toe legde ik de rug van mijn hand op mijn wang om te kijken of de zonnebrand niet al te erg had toegeslagen. Bob roemde mijn rijstijl nog eens en zei dat hij zich bij mij in de auto zo veilig waande, toen... bombf.

We voelden een doffe klap tegen de auto aan. Ik stopte met slippende banden. Ik had natuurlijk een geit geraakt.

- Stompzinnige kabriet! riep Bob en vouwde zich uit de dubbelgeklapte positie waarin hij terechtgekomen was. We openden de portieren en renden naar de voorkant van de auto om te kijken hoe de geit eraan toe was.

Mijn hart bleef stilstaan. In het schijnsel van de koplampen lag een negerin in een rok met grote witte bloemen, een vrouw van misschien twintig, vijfentwintig jaar. Ik kon helemaal geen adem meer halen, een gewicht drukte op mijn borst. Haar mond stond open en het wit van haar ogen lichtte op. Ze hing met haar linkerarm tegen de bumper, klampte zich daaraan vast, ze was godzijdank niet dood. Ze wilde zich oprichten, Bob prevelde in de eilandtaal dat ze rustig moest blijven, zich niet moest bewegen. Ik begon over mijn hele lichaam te trillen.

Waar was ze zo plotseling vandaan gekomen? Uit de lucht? De koplampen waren toch al honderden meters van tevoren zichtbaar geweest? Lag ze daar al op de weg en hebben de lichten over haar heen geschenen? Ze moest als een wild dier uit de struiken tevoorschijn gesprongen zijn, in paniek, of misschien was ze niet goed bij haar hoofd.

Bob praatte rustig met de vrouw. Mijn adem was weer op gang gekomen en ik had een zaklantaarn uit het dashboardkastje gepakt, knielde bij haar neer en bescheen haar lichaam, haar rechterbeen lag in een vreemde hoek gebogen naast haar en ze jammerde nu constant, ze herhaalde steeds dezelfde woorden, die ik niet begreep. Ik vroeg Bob wat ze zei, maar hij zei dat hij die woorden ook niet kende. Ik probeerde de vrouw te kalmeren door haar over haar arm te aaien.

- Rij terug naar de zeilclub en laat een ambulance bellen, zei Bob.

– Nee, ga jij maar liever, zei ik, ik blijf bij haar. Ik pakte de plaid uit de achterbak en legde die over haar benen. Ze jammerde nu meer binnensmonds, ik bleef haar arm aaien, dat scheen haar gerust te stellen. Ik zei dat we de ambulance voor haar gingen bellen.

Ik moest de zaklantaarn zo op ons tweeën laten schijnen dat we voor een automobilist zichtbaar waren, want ik kon de vrouw niet naar de kant verplaatsen. Bob reed hard terug naar de jachthaven.

Om ons heen was het aardedonker geworden. Er klonk alleen geritsel in de struiken, het zachte gejammer van de vrouw en aanhoudend blaffende honden in de verte, die elkaars geblaf links en rechts overnamen.

Bob was weggereden en het werd op slag stil. De wind was verdwenen, de krekels waren opgehouden met tsjirpen. Het was zo'n leegte die je alleen van films kent, alles is stilstaande lucht. De vrouw kermde niet meer. Ik hield haar bovenlijf in mijn armen, ze rustte met de zijkant van haar hoofd tegen mijn borst, haar ogen gesloten. Als bij een ziek kind, streelde ik met mijn duim monotoon over het stugge en toch zachte vel van haar onderarm. Ze rook naar mijn klei, vermengd met een weeïge wierooklucht. Ik hoorde haar wel ademen, maar zo zacht dat ik bang was dat dat stroompje ieder moment kon worden afgeknepen. Wie weet waar de auto haar geraakt had? Haar mond stond een beetje open. Ze rochelde ineens, waarna ze pijnlijk moest hoesten, wat ze probeerde in te houden. Ze zei iets in haar taal, en in de paar woorden van het eiland die ik machtig was stelde ik haar zacht gerust: 'Stil maar, zoete,' zoiets zei ik geloof ik, en die woorden werkten.

A watched pot never boils, het wachten op hulp duurde eindeloos. Er was niets om afleiding te bezorgen, geen dieren, geen geruis van struiken. Ik begon een kinderliedje te neuriën. Ik zag dat het donkere wolkendek op het punt stond open te scheuren, erachter lag al een maanbeschenen, donkerblauwe lucht. Vroeger wist ik zeker dat zich daar het paradijs bevond, daar waar het zonlicht zo majestueus straalde en de wolken watten waren, nu was ik daar niet meer zo zeker van, maar iets hardnekkigs in mij kon niet van dat beeld afkomen.

De vrouw probeerde zich in een andere houding te draaien, ze werd natuurlijk stijf, net als ik, maar ze moest met het oog op breuken maar zomin mogelijk bewegen, vond ik. Wat deed Bob er lang over om terug te komen. Het wachten op een lief duurt eeuwen.

– Hoe gaat het?

Plotseling stond Bob er, hij hurkte bij ons. Ik schrok even, ik had hem helemaal niet horen aankomen. De ambulance was onderweg. Bob scheen met de zaklantaarn op de vrouw, ze leek te slapen. Hij scheen op haar benen, haar ene been lag nog steeds in een onnatuurlijke hoek geknakt.

– Is waarschijnlijk gebroken, misschien ook wat ribben, maar dat komt allemaal goed.

Hij kwam tegen mij aan zitten, zodat ik tegen hem aan kon leunen, wat verlichting gaf. Hij sloeg zijn handen stevig om me heen en zijn borst was als een stoelleuning. Hij zoende me in mijn nek, liet zijn lippen er zacht op rusten. Een rilling trok door me heen.

Ze is ineens zo licht als een rookpluim en sliert zo tussen mijn armen vandaan. Ze staat boven me met haar armen trots over elkaar en ze zegt: Ik ben Carmela. Ik had allang thuis moeten zijn, mijn broers en mijn kinderen wachten op me. Ik moet een kabrietje vangen, mijn broers slachten het, ik braad het. Maar jij kwam ertussen. Ik heb niks gedaan, zeg ik. Jij, zegt ze spottend, jij hebt mij overreden met onzachte wielen, de vogels van de berg hebben gezien wat jij gedaan hebt. Jij moet hier weg. En ze verdween.

Ik schrok overeind, maar Bobs armen hielden me tegen, de vrouw lag nog in mijn armen te slapen.
 – Luister, zei Bob, de ambulance.
 In de verte hoorden we een geknepen sirene en een traag ronkende motor naderbij komen.

Op het moment dat Ro en ik de broeder en de zuster uit de ambulancewagen zagen komen en zij zich over de vrouw ontfermden, stonden er plotseling omstanders bij de auto. Waar die zo snel vandaan waren gekomen begreep ik niet, in de nabije omtrek woonden weinig mensen. Het waren voornamelijk jonge mannen, van wie er een of twee bij de vrouw neerhurkten, en er stonden ook een paar meisjes bij met een klein kind op de arm die niet veel meer deden dan van een afstandje toekijken.

Nadat de gewonde vrouw met de ambulance was weggevoerd, wikkelden we de formaliteiten af met de politie, die inmiddels gearriveerd was en die ons en de omstanders ondervroeg.

Ro reed zelf terug, ik kreeg niet de indruk dat ze in een ernstige shock verkeerde, hoewel het ongeluk haar erg had aangegrepen. Ik was veel onrustiger en maakte me zorgen over het verhaal dat straks de ronde zou gaan doen over de aanrijding, wie er bij wie in de auto zat, waarvandaan en waarom. Op commotie zaten we niet wachten. Maar Rudi zou het vast niet verkeerd opvatten, daar was hij te liberaal voor. En Helen, ach Helen maakte zich om die dingen nooit erg druk.

Toen Ro me afzette, zei ze dat het ondanks alles een afscheid moest zijn. Ik, stumper, knikte zelfs. Het luchtte even op dat aan onze omgang een eind was gekomen, omdat het zo niet zonder schade verder kon, maar ik wist niet hoe we dit staakt-het-vuren moesten uitvoeren. Zij ook niet. Ik zei dat we maar een blusser met ons mee moesten dragen. Zij zei niets, tikte even nerveus met haar trouwring op het stuur en haalde toen met een sierlijk gebaar een lok weg van haar voorhoofd. We wisten in onze oneindige wijsheid dat het als elk ander vuur vanzelf zou doven. We kusten elkaar niet.

Het stoere doefdoef-geluid van haar Chevrolet stierf maar langzaam weg.

Een maand van ondraaglijke onthouding later – Ro en ik hadden elkaar niet eens door de telefoon gesproken, het was, zoals voorzien, een idiote kwelling – belde Rudi onverwacht op. Hij wilde met me afspreken, hij zei niet waarover het ging.

In bar Tropica in een straatje achter de haven draaide een krakkemikkige ventilator aan het plafond, die nauwelijks lucht verplaatste. Een dikke Venezolaan met een zwarte snor zat achter de bar op een kruk en veegde nu en dan met een zweepje vliegen van de bar en van zijn gezicht.

Rudi en ik namen allebei een whisky. Hij zei niets. Licht duizelig was ik, zweet liep tappelings langs mijn slapen, niet alleen was ik bang dat Ro alles over ons had opgebiecht en ik daar nu de repercussie van kreeg, maar het was alsof ik door Rudi ineens heel dichtbij Ro was, haar geur kon nog om hem heen hangen, zijn hand had net, of gisteren nog, haar hand vastgehouden, zijn mond vanochtend haar lippen gekust... Dit was iets verschrikkelijks... Ik bestelde nog een whisky.

Hij begon met te zeggen dat ik de enige op het eiland was die hij in vertrouwen kon nemen... Ik heb niet eens een foto van haar, bedacht ik, stel je voor dat ze morgen voorgoed uit mijn leven verdwijnt en ik het alleen met een herinnering moet doen?

Mijn tweede whisky was alweer tot de helft geslonken en mijn duizeligheid was op slag verdwenen, toen hij me vroeg, wat hij ging zeggen nooit, onder geen enkel beding, aan Ro of iemand anders te vertellen. Ik zwoer nog maar eens. We waren toch vrienden?

– Twee weken geleden ging de bel op mijn kantoor. Twee bedeesde zwarte mannen stonden er, gestreken broek, wit overhemd, panamahoed in de handen. Achter hen stond, verlegen, een vrouw verscholen. Ze stelden zich voor als de broers Sassa en hun zuster Carmela en ze vroegen of ik Rudi Weller was, ik knikte, ik had geen idee wat ze van me wilden. Ben Tak was niet op kantoor, het liep tegen zessen, ik zou de boel zo gaan afsluiten. Ze hadden me iets te zeggen en maakten een ongeruste indruk. Ik was bang dat ze me iets ernstigs kwamen vertellen over Ro of Ingi, of over Ben of mijn stagiaire, dat een van hen iets was overkomen, maar ik bleef beheerst en nodigde ze naar mijn kantoor. Toen de vrouw achter hen ook in beweging kwam, zag ik dat ze op krukken liep en zich plomp en onhandig op één been voortbewoog. Het duurde een tijd voor ze tree voor tree de trap op was gekomen. Ik schoof een stoel bij voor de vrouw, maar een van de broers maakte me duidelijk dat die niet nodig was. De drie stonden nu met de eenbenige vrouw in hun midden op een rijtje voor mijn bureau, ik ging op mijn bureaustoel zitten en zakte wat naar achteren.

– Dit heeft jouw vrouw gedaan, zei de linker broer, die kennelijk een afkeer van diplomatieke inleidingen had, en hij wees op het ontbrekende been van de vrouw.

Ik begreep eerst niet waarover hij het had en nam aan dat hij me voor een ander hield. Meteen daarna bekroop me een spanning in mijn maag. Ik herinnerde me dat Ro vorige maand op de weg bij de jachtclub een negerin had aangereden die plotseling de weg was overgestoken. Het was Ro's schuld niet geweest, dat heb je wel gehoord. De vrouw had waarschijnlijk alleen haar been gebroken, er waren geen vitale organen geraakt. Daarom hadden we ons ook niet veel zorgen gemaakt, we stuurden een grote mand fruit naar het ziekenhuis met een kaartje erbij en wensten haar oprecht beterschap. Daarmee was, dacht ik, de kous af. Ik was allang blij dat Ro er zo goed van af was gekomen. En godzijdank reed ze Ingi de volgende dag weer gewoon in de Chevrolet naar school.

– Het been is geamputeerd, zei de andere broer, het was bij de knie verbrijzeld.

Het klonk verschrikkelijk. De vrouw liet ook nog zacht een klagelijk gekreun horen. Ik werd er nerveus van en zei dat ik het heel erg voor haar vond en vroeg hoe ik hen kon helpen.

– U kunt geld geven, zei de ene broer.

– Honderd gulden, zei de andere, net zo praktisch ingesteld. Wij zijn haar broers, zij heeft nu geen werk meer.

De broers keken ineens heel streng naar me, alsof Ro met opzet over het been van hun zuster was gereden. Ik zei dat ik best wat geld wilde geven, maar dat ze wel moesten weten dat ik dat niet hoefde te doen, het was volgens de politie Carmela's eigen schuld geweest, omdat ze zo plotseling de weg was op gerend.

– Dat zeggen zíj, zei de ene broer en was daarna onheilspellend stil.

Ik wilde er niet over in discussie treden, ze zagen er ook niet uit alsof ze dat op prijs zouden stellen. Ik begreep heel goed dat het een afschuwelijke geschiedenis voor ze was. Ik trok mijn portefeuille en pakte een biljet van honderd gulden, maar ik zei dat ze het alleen kregen op één voorwaarde: dat ze het niet aan Ro zouden vertellen, dat ze hun zus nooit met mijn vrouw in contact zouden brengen.

– Mijn vrouw zou er niet van kunnen slapen, zei ik om te laten merken dat we het ons aantrokken, wat ook zo was.

Ze knikten begrijpend en de ene hield zijn hand open om het geld te ontvangen. Ze verdwenen uit het kantoor, ik sloot achter hen af. Ik was blij dat het zo geregeld kon worden en hoopte maar dat de honderd gulden daadwerkelijk bij de zus terecht zou komen. Ze maakte een niet al te bijdehante indruk, waarschijnlijk was ze simpel en was daarom zomaar de weg op gevlogen.

Nu pas nam Rudi een teug van zijn whisky, het ijs was gesmolten, het servetje eronder doorweekt van de condens. Godzijdank ging het niet over Ro en mij. Ook was hij inmiddels niet te weten gekomen dat ik toen bij haar in de auto zat.

– Wat vreselijk voor die vrouw om dat been te moeten missen, zei ik. Ik had ook begrepen dat het alleen om een botbreuk ging.

Rudi knikte en hij nam de laatste slok, toen wenkte hij de ober en we bestelden er ieder nog een.

– Probleem is alleen, hij tekende afwezig iets in het ijswater op het tafeltje, probleem is alleen dat de Sassabroers vorige week wéér bij me langs zijn geweest. Ze dreigden met hun zuster naar Ro te gaan als ik niet betaalde, ze vroegen nu flink meer dan de vorige keer.

– Dat heb je niet gegeven...

– Jawel.

– We gaan naar de politie.

– Ik kan het me niet permitteren, Bob. Wiens schuld zo'n ongeluk ook is, zoiets doet op dit eiland gauw de ronde en niet in je voordeel, het neemt allerlei oneigenlijke roddel in zijn kielzog mee. Er staan op dit moment belangrijke opdrachten voor me op het spel, ook de Rothschildprijs... Maar veel belangrijker is...

Zijn ogen stonden fel. Hij wiste nerveus met het natte servetje het zweet van zijn voorhoofd en nam een slok.

– ...dat ik écht niet wil dat Ro het weet van dat been. Ik

wil niet dat ze de rest van haar leven moet meedragen dat door haar toedoen iemands been geamputeerd is... Ze kan dat niet aan, ze voelt zich algauw schuldig en straks zit ik met een depressieve vrouw.

Ik vond het overdreven wat hij allemaal schetste, maar ik moet zeggen dat zijn zorgen grote liefde voor Ro verrieden. Natuurlijk wist ik allang dat Rudi haar verafgoodde: een enkel smetje zou haar reinheid aantasten, haar kristallen wezen zou breken... Hij moest haar ziel domweg beschermen want zij was te goed voor deze wereld en hij was haar hoeder... Ik wond me op.

Daar zaten we, twee kerels op een namiddag, in een duistere kroeg op een eilandje in het Caribisch gebied, na drie whisky's te janken over de psyche van de vrouw waar we alletwee krankzinnig veel van hielden.

22

Bob verscheen op een feest, kwam me tegemoet in een auto, doemde op achter mijn rug, bijna in elke droom. We hadden plotse vrijpartijen in het openbaar, ongepast in een lunchroom, stiekem in een theater. Overdag was van de twee gedachten één bij hem. Ik wist wel dat hij het niet was, maar de verslaving die mij gevangen hield.

Ik zocht afleiding, was aan een volgende tors begonnen en was meer boetseerlessen gaan geven, zodat mijn dagen tenminste vol waren en ik heel vaak heen en weer naar Elias moest om klei te halen of te bestellen. Ook organiseerde ik kinderpartijtjes samen met andere moeders, dagenlang in de weer met de versieringen, de feestmutsen of de piñata's. Die afleiding hielp, maar zodra ik alleen was en geen lijstjes hoefde te maken, stak Bob zijn hoofd om de hoek en lachte me weer gul, uitnodigend toe. Ik was er ineens niet zo zeker van dat ik het zelf was die dit verwarrende gevoel in stand hield. Ik was meer sigaretten gaan roken, ik probeerde dat eerst een beetje verborgen te houden. Ik rookte na de lessen en in mijn atelier, waar ik een voorraad pakjes had. Ik was nooit een echte roker geweest, maar nu had ik het nodig om mijn zenuwen de baas te blijven en genoot er op een wereldse manier ook van om op de verandatreden te zitten roken. Want ondanks de verschrikkelijke spanningen was dit toch leven...

De straf van onthouding leek onze verliefdheid alleen maar aan te wakkeren. Ik besefte dat morfinisten en opiumschuivers eenzelfde verhaal hadden, ik had er in romans over gelezen, die hielden zichzelf inventief voor de gek, bedachten de vreemdste redenen om weer naar het felbegeerde goedje te reiken. Ik wilde zo graag zijn stem horen, daar was toch niets op tegen? Het was nu een eeuwigheid geleden dat we afscheid hadden genomen, na het ongeluk. Het maakte me gek. 's Nachts sliep ik onrustig, mijn dromen over hem waren enerverend, het deed pijn hoe hij naar me lachte, zich van me af draaide en tergend langzaam wegliep, een mes dat een vore trekt in je hart. Mijn liefde vermengde zich met angst als een zoet gif dat ik niet uit mijn lichaam verwijderen kon. Rudi merkte mijn onrust op, vroeg niets maar probeerde mij liefkozend tot inslapen te brengen. Het hielp niet.

Ik moest hem zien.

Het is in de middag, een stil uur. De bladeren van de acht palmen op het terrein wuiven loom alle kanten op.

Ingi is uit school met Nadya mee, die altijd door een zwarte chauffeur met pet in een zwarte auto van school gehaald wordt. Er zijn in de klas nog een paar kinderen die vaak door een chauffeur gebracht en gehaald worden. Het zijn wagens met airco. Nadya, Yvette en Clark rijden op schoolreisjes achter de schoolbus aan naar Westpunt, omdat er geen airco in de schoolbus is, iedereen vindt dat heel gewoon. De andere kinderen zijn zo geprivilegieerd niet, donkere, lichtere en Hollandse kinderen met melkboerenhondenhaar, die worden door hun eigen moeders gehaald.

Tijdens kinderpartijtjes staan de wachtende zwarte chauffeurs soms de hele middag op straat met elkaar te roken en te kletsen, een tandenstokertje laten ze behendig van hun ene mondhoek naar hun andere rollen. Maar zij worden nooit vergeten, door mij niet, ik breng ze altijd taart en citroenlimonade. Het zijn heel aardige, voorkomende mannen in piekfijne kleding. Al kletsend laten ze hun glimmende schoen stoer op het wiel van hun wagen steunen, de meesten lachen naar me, zoveel mensen van de zwarte bevolking hier zijn knap om te zien, dat maakt me vrolijk, soms blinkt een gouden tand in een prachtig gebit je even tegemoet, dat is dan mijn dag.

Hij zal omhoog komen lopen. Iedereen die jou kent herkent jouw auto. Je kunt in de stad nooit ergens naartoe gaan zonder gezien te worden. Dat is een eilandwet. Zijn auto zal hij daarom beneden aan de weg bij Henderson, de supermarkt, parkeren. Boodschappen doen is toch niet verboden?

Het is verschrikkelijk als we elkaar van verre zien, het maakt me nerveus en opgewonden, ik strijk steeds de plooien van mijn jurk glad, ga weer zitten in de rieten stoel, steek een sigaret op en volg met mijn vinger het slingerpatroon in de stof van mijn jurk. Vandaag is Gwenny's vrije dag, Rudi komt pas na het eten thuis.

Het huis was zo stil, een lichte bries trok door de kamers. Het was alsof een deining van de zee mijn jurk opnam en in één moeiteloze beweging door ook Bobs shirt uittrok. Het was onvermijdelijk. We hoefden geen woord te spreken, het zou ons verlangen maar bedorven hebben. In elkaars armen zette die deining zich in onze lichamen voort. Hij en ik waren meteen bedreven in deze liefde, alsof onze lichamen elkaar al langer kenden en aan een halve aanraking genoeg hadden om de volgende uit te lokken. Weer gleed de banaliteit van naaktheid en ordinaire lust van ons af en was het alsof we een flonkerend niets in werden gekatapulteerd.

Op een volstrekt tijdloos moment, na een uur, twee uur, we droomden met onze ogen open, we namen niets buiten ons waar, want middenin het besef van je geborgen weten is tijd of ruimte onbelangrijk, ik zei nog 'A perfect day for bananafish,' en we lachten een beetje en doezelden, zelfs het zoemen van de airco ontging ons – in die volstrekte vredigheid klapte plots de koperen deurklink van de slaapkamer met een snoeiharde slag naar beneden.

Even gebeurde er niets. Rudi's beteuterde gezicht deed ons in de lach schieten. Het was vreselijk, maar het was een reflex om ons gezicht te redden nu we daar zo naakt, betrapt in schilderspose lagen. Volstrekt ongeloof stond als een masker op Rudi's gezicht. Ik had medelijden met hem, maar wat deed hij hier ook? Hij zou vandaag de hele dag wegblijven, en gewoonlijk kwam hij ook nooit om deze tijd naar huis. We hadden de auto niet gehoord, ik had niet eens de tijd gehad om me betrapt te voelen. Ik was nog in een vederlichte roes en het wilde niet tot me doordringen dat de figuur in de deuropening mijn man was en geen onschadelijke hersenschim. Dat drong wel door toen hij één pas de kamer in zette en Bob sommeerde 'zijn huis te verlaten' en mij zou hij 'zo wel spreken'. Hij sprak dreigend en zijn ogen stonden zo donker als ik nog nooit had gezien. Ik zei dat we dit toch als volwassenen konden bespreken. Hij verliet de slaapkamer en gooide de deur met kracht achter zich dicht.

Bob kleedde zich snel aan, vloekte zacht, fluisterde excuses en lachte toch nog tegen mij. Ik gooide mijn jurk over mijn hoofd, fatsoeneerde mijn haar en kuste Bob vluchtig op zijn mond. Hij gespte zijn riem dicht en zei dat hij het huis via de normale weg zou verlaten, hij was geen dief en geen hond. Ik controleerde vluchtig mijn gezicht en mijn haar in de spiegel en verliet de slaapkamer, heerlijk die koele tegels onder mijn blote voetzolen, in de gang passeerde hij mij, raakte nog even mijn hand aan en liep voor me uit naar de porch, van daar het terrein af. Ik keek hem niet na, wilde het huis weer in lopen,

maar Rudi stond op een paar passen achter me, zijn mond
bits en met ogen van steen.
 – Je chequeboek.
 – Wát zeg je?
 – Je hebt me wel gehoord.

———

Vloeken op het ritme van je voetstappen is bevredigend. Ik liep het terrein af met vrijwel zeker de borende blik van Rudi in mijn rug. Er was niets aan te doen geweest, we hadden gespeeld en verloren. Of nee, niet verloren, want ik was nog steeds niet helemaal op aarde na het vrijen met Ro. Een klare, vloeiende lijn was het geweest, alsof de hand van een meester ons had geleid en alleen maar in de juiste mallen had gelegd. Als lust en esthetiek ooit waren samengevallen, was het een halfuur geleden toen Ro en ik nog in elkaar verstrengeld lagen.

Maar toen ik beneden voor de supermarkt van Henderson in mijn auto zat, overdacht ik mijn zonden en likte mijn wonden. Iets riep dat de vriendschap tussen Rudi en mij deze gebeurtenis moest kunnen weerstaan, dat het begrijpelijk maar toch ridicuul was als twee vrienden hun vertrouwen in elkaar opzegden om een vrijpartij... Wij zouden toch als laatsten in zo'n kleinburgerlijke val trappen. Ik zou zijn vrouw niet van hem afnemen, een bespottelijk idee. Ik hoefde alleen maar mijn arm naar haar uit te strekken zonder haar werkelijk te bezitten... Een mooie illusie, in oude boeken beginnen mannen een oorlog om minder.

Wat ik niet tegen hem kon zeggen, was dat ik het al die weken zo graag wilde, haar zien, haar zoenen, haar vasthouden. En natuurlijk overviel ons een lust, blind en doof, ik wist niet eens dat het zo bestond, hallucinerend, iets buiten ons nam happen uit de tijd, geen besef... Niet dat ik mezelf ontoerekeningsvatbaar wil verklaren, integendeel, helemaal niet, hoe had ik dat anders kunnen beleven?

Het was natuurlijk afgelopen. Ik zou hen waarschijnlijk nooit meer zien. 'Het is het beste zo,' zegt men na afloop van een pijnlijke zaak. De pijn moet alleen nog inklinken tot een nietsbetekenend wratje. Een ervaren doktershand zal hem weglepelen, waarna het plekje voor het blote, ongeoefende oog niet meer, nee, nooit meer te onderscheiden valt.

Maar we hadden geen keuze, we hadden toch niet níéts kunnen doen? Waarom moet je zo vernietigend veel van iemand houden? Waarom moest Rudi zo nodig thuiskomen op dat uur? Ik ben al zover heen dat ik begin te geloven dat er in mijn leven een telepathiewet aan het werk is, een sensor die intenties en geuren en vibraties oppikt en die degene met wie je je verwant voelt jouw kant op stuurt. Toeval is vaak een hulpeloze uitleg bij onverklaarbare dingen die toch wel gebeuren, God of geen god. Er is heel veel toeval in de wereld, maar juist bij de aantrekking tussen twee mensen moet er, naast hormonen, iets anders in het spel zijn. Waarom zouden radiogolven wel bestaan en trillingen en golven die onze hersenen of ons hart afgeven niet?

Ach, Rudi zou uiteindelijk zijn hand in eigen boezem steken, hoe zou hij anders zijn eigen escapades verantwoorden tegenover Ro? Ik kende er toch inmiddels een aantal. Veilig was hij niet. Hij zou op zijn minst zijn gezicht verliezen tegenover zijn vrouw en daar was hij gevoelig voor.

Nee, er was niets aan de hand, hij zou na een dag of twee wel tot bedaren komen en diplomatiek toegeven dat hij zich vergist had, dat dit heus niet het einde van de wereld was. We zouden er smakelijk om lachen en erop drinken in de boot, als vrienden.

23

Het was een onwerkelijke ervaring geweest, onze contouren waren verdwenen, we waren onzichtbaar geworden. Pas toen we stillagen, doemden heel langzaam als in een tekenfilm de fijne lijntjes van onze lichamen weer op. We hadden net zo goed uit een coma kunnen ontwaken, ik had het dan niet vreemder gevonden om Rudi aan het voeteneind te zien.

Rudi kijkt zelf vrij indringend naar vrouwen, niet alleen naar hun borsten, dat ook, maar dat doet hij en passant. Hij kijkt aanhoudend, jongensachtig brutaal, glimlachend, maar intussen dringt hij door tot onder hun huid. De vrouwen met wie hij werkt kijken allemaal op dezelfde, beetje verlegen, vertederde manier naar hem, maar ook de ogen van andere vrouwen, vriendinnen van mij, raken geloken en zij lachen en spreken, onder de indruk, in slowmotion tegen hem. Er zijn mensen die het magische vermogen hebben om anderen verliefd op zich te maken. Ik geloof dat Rudi dat vermogen bezit. Dat ontgaat mij allemaal niet, maar ik heb niet de behoefte om alles wat mij opvalt met hem te delen. Sommige dingen moet je laten zoals ze zijn. Je echtgenoot is geen levend lijk dat anatomisch gelicht moet worden. Intimiteit tussen man en vrouw bestaat uit microscopisch kleine zaken, die aan elkaar geregen een band vormen zonder oorzaak of gevolg, nut of logica. Die intimiteit lijkt meer op een perifere nevel die verdampt als je ernaar kijkt.

Er was een zware stilte in het huis gaan hangen, als een tentdoeken plafond.

Op mijn vraag waarom hij toen die middag eigenlijk was thuisgekomen, antwoordde hij dat hij zich had moeten verkleden. Op de werkexcursie naar de andere kant van het eiland was hij in een zoutpan gezakt, zijn schoenen en onderkant van zijn witte broekspijpen zaten onder de vette, zwarte modder. Het is me toen niet opgevallen. We moesten er allebei even om lachen, wat een goed teken leek, maar het haalde misschien niets uit.

24

De telefoon schalde door de kamer. Ik schrok. Rudi nam op, het was Leo. Rudi bood zijn excuses aan, wrong zich in allerlei bochten, zei dat hij er onmiddellijk aan kwam. In onze verbijstering over elkaar waren we het Hongaars Strijkkwartet compleet vergeten.

We hadden ons opgegeven bij de Moderne Muziek Kring om een van de leden van het beroemde kwartet, de eerste violist Zoltan Székely, bij ons te laten logeren. Ze kwamen twee concerten geven in de Schouwburg en zouden daarna doorreizen voor concerten in Havana. Het kwartet scheen op de luchthaven te staan wachten. Ik zou ze oorspronkelijk afhalen, maar Rudi was al in de auto gesprongen, opgelucht zeker om het bedrukkende huis te kunnen verlaten.

Ik maakte de logeerkamer in orde en trok wat gepasts aan om de beroemdheid te ontvangen. Ik was blij een vreemde in huis te hebben, een tijdelijk schild waarop Rudi's gram geen vat had. Ik was al blij met Ingi, die alle gekwetstheid overstemde en uit haar vragende lieve stemmetje bleek dat ze aanvoelde dat er iets niet klopte. Maar alles zou gauw normaal worden. Het concert zou dezelfde avond plaatsvinden. Als ik niet met Bob alleen kon zijn, dan maar met een menigte, want druk zou het worden, de zaal was al maanden geleden uitverkocht.

De musici moesten er een paar uur eerder zijn. Zoltan Székely, zeg 'sjekai', was een precies mannetje van drieënvijftig jaar met een Stradivarius. Ik reed hem en hij ging, net als bij een echte taxi, op de achterbank zitten en hield zijn Stradivarius stijf tegen zich aan geklemd, terwijl hij allerlei vragen over Curaçao stelde. Hij woonde met de andere kwartetleden al een paar jaar in Los Angeles. Boedapest, vertelde hij zacht alsof de Russen hem hier in de auto nog konden afluisteren, had hij na de inval in het geheim verlaten.

In de hal van het theater stond iedereen al dicht opeengepakt in zijn mooiste kleding. Ik houd ervan als de mannen in hun tropensmoking gekleed zijn. Sommige mannen hadden een gewoon pak aan, heel wat vrouwen zagen er ravissant uit, Edita de Sola altijd in Dior, Estelle Bodifee in een gewaagd laaguitgesneden jurk, Schöne en Izak Felix oogverblindend – zij zijn uithangbord met een diamanten collier en hij met een pareldasspeld, geurend naar 5th Avenue, en Jacky Fleischer steevast in een wolk Chanel 5. Daarentegen Louis en Selma, Tita en Onno in eenvoudige Hollandse chic, zonder opsmuk of overdrijving. Rudi had zijn smoking aangetrokken omdat hij als gastheer van de eerste violist zich toch wat officiëler verantwoordelijk voelde, bovendien wist hij dat hij iets ongenaakbaars kreeg in dat mooi gesneden witte jasje met de messcherp geperste zwarte broek met grijze bies en de nachtblauwe vlinderdas met minuscule sterretjes.

Rudi had me vlak van tevoren in de auto nog op het hart gedrukt, mij kennende en waarschijnlijk op straffe van excommunicatie, die avond representatief in zijn buurt te blijven. Natuurlijk zouden Bob en Helen er ook zijn, want sinds wij lid waren van de Moderne Muziek Kring, waren zij het ook en Bob was zich gaandeweg gaan interesseren voor moderne muziek. Hij houdt van Ives en Varèse en ook van de allermodernste componisten als Ligeti, die wij 'interessant', maar onmogelijk mooi kunnen vinden. Maar Bob trekt er meteen een moderne dichter bij uit zijn binnenzak en maakt vergelijkingen, gedurfd en nieuw klinkt dat, echt opwindend. Vastgeroeste ideeën kantelen in zijn bijzijn onmiddellijk, dat brengt hij met zijn duivelse charisma teweeg. Ik wist wel wat me in hem aantrok.

Rudi hield mij steviger dan anders bij mijn arm toen we de Schouwburg betraden. Ik voelde meteen een blos op mijn wangen alsof iedereen van mijn affaire met Bob wist, het geroezemoes sloot aaneen en alle gezichten keken licht geamuseerd mijn kant op, dédain leek in een fijne regen op me neer te dalen. Maar Rudi kneep in mijn arm, de verbeelding ebde weg, we begroetten iedereen hartelijk. Bovenop de omloop zag ik meteen Bobs rug, Helen stond naast hem met Fred de Vries te praten, die mij zag en onmiddellijk een foto maakte en daarna met handkussen strooide. Bob keek om. Een gloeiende snaar trok van mijn schaambeen tot in mijn hals. Ben en Livia kwamen langsschuifelen, Leo en Olga namen Rudi in beslag tot Egon en Jacky zich er tussen wrongen, Egon zoende mij omstandig en Jacky lebberde Rudi af, zoals ze trouwens met bijna iedereen deed.

Ik had nu weer even tijd om voorzichtig naar boven te kijken en te zien waar Bob gebleven was. Hij stond samen met Frank Perry rokend over de balustrade gebogen naar de menigte te kijken. Hij stak een hand op die hij even weemoedig als een wimpel door de lucht liet gaan. Ik kon niets terugdoen. Toen ik me omdraaide zag ik Rudi ineens dicht tegen zijn stagiaire Renske aan staan praten.

De Hongaren speelden Haydn, Beethoven, Dvořák, zo schitterend als ik nooit eerder gehoord had. Bob zat ver achter ons, ik kon me onmogelijk omdraaien, maar voelde zijn blik elke seconde op mijn nek gericht. Rechts voor me zaten Franky en Renske, hij een klein, gespierd Caribisch mannetje en zij Hollands Welvaren, ze keek met een gulle lach naar ons om, het zou me echt niets verbazen als Rudi iets met haar had. Verbazingwekkend was het, maar ik kon me ondanks dit alles, een aan waanzin grenzende intensiteit, toch goed op de muziek concentreren.

Zoltan Székely en de andere musici aten weinig vóór het concert, maar moesten daarna wel gelaafd worden, in de pauze schonk ik hen in de kleedkamer uit mijn thermoskannen grote glazen citroenlimonade, die met veel instemmend geknor ontvangen werden. Na het concert zouden ze met ons meegaan voor de nakaart en om de salades en komkommersandwiches te nuttigen die Estelle Bodifee en ik gemaakt hadden. Gastheren en nog wat vrienden gingen mee. Het was in deze situatie ondoenlijk Bob en Helen mee te vragen. Wist Helen overal van? Ik zag Rudi Bob buiten op zijn schouder tikken en hem kort iets toevoegen, hij kuste daarna Helen zwierig de hand, wilde zich vanzelfsprekend niet laten kennen.

Ik dirigeerde de eerste violist naar de voorbank van de auto, zei dat ik goed voor zijn Stradivarius zou zorgen en stapte achterin. Rudi kwam al aanlopen. Het skai van de bekleding ademde nog de warmte van de dag. Ik sloot mijn ogen en omhelsde de vioolkist stevig.

– Donderdagavond om negen uur wil ik je spreken op mijn kantoor, had Rudi me na het concert toegevoegd, zijn ogen één moment glashard. Het had heel mannelijk geklonken, commanderend. Een gekwetst man klinkt zo. Natuurlijk moest ik wel met hem spreken over het gebeurde met Ro in zijn huis en mij, dat kon niet uitblijven. Ik was blij met zijn uitnodiging, al was het een opgave verantwoording voor verregaand verliefd gedrag af te leggen. Twee dagen lang schrapte ik zinnen in mijn hoofd, probeerde ik onberedeneerd gedrag in begripvolle woorden te vangen. Onmogelijk en straalbelachelijk. Ik wist niet goed wat ik met mijn leven aan het doen was.

Even nadat ik het carillon gehoord had belde ik aan bij zijn kantoor aan de kade, de oude gebeeldhouwde deur was blank gelakt, het licht van een straatlantaarn weerkaatste erin.

Hij opende de deur en draaide zich onmiddellijk weer om.

– Kom verder, zei hij droog.

Ik volgde hem. De trap was in oude staat en kraakte geweldig.

– Ga zitten.

Ik was niet eerder op zijn kantoor geweest. Er stond een mooi mahoniehouten bureau met een roodleren draaifauteuil daarachter. Voor het bureau twee stoelen met verweerde leren zittingen. De shutters waren gesloten.

De lamp op het bureau brandde en verlichtte zijn gezicht indirect. Op het bureau lagen rollen tekeningen en één uitgevouwen rol ruitjespapier, vier gewichtjes op de hoeken, met daarop de fijne lijntjes van een of ander ontwerp, verwijzingen in geometrische blokletters in de marge. Er heerste een precieze, haast voorname rust. Vanbuiten klonk een roep, misschien van een visser of een douanebeambte.

Ik had me voorgenomen hem te laten uitspreken, een echte vriend voor hem te zijn en rustig te blijven, een handgemeen was beneden alle waardigheid. Ik moest tactisch zijn, zonder arrogant over te komen. Het bleef gespannen stil. Hoe moest hij zich nu niet voelen? Hij zou mij vanzelfsprekend het liefst met de schitterende natuurstenen presse-papier die ik op zijn bureau zag liggen op mijn achterhoofd slaan, me over de trap bonkend aan mijn haar naar beneden sleuren en me met een sierboog in het water dumpen. Ik zou dat wel willen, als ik op zijn stoel zat.

Hij schraapte een paar keer zijn keel, zoals ik hem altijd heb horen doen wanneer hij gespannen was. Een auto reed onder het raam langs, het geluid van een claxon droeg ver over het water. Rudi boog zich voorover, zijn gezicht ving wat meer licht.

– Ik dacht dat ik een vriend had, zei hij langzaam, een vriend zoals ik eigenlijk nooit eerder in m'n leven gehad heb.

God, wat had ik een medelijden met hem, een intens medelijden omdat ik nu al wist dat ik hem niets kon vertellen dat hem kon troosten. Ik kon alleen deernis tonen, mijn hoofd buigen, mezelf beschuldigen. Maar wat had hij daaraan? Wiste ik daarmee de in zijn ogen zware overtreding soms uit?

– Jij hebt mij niet alleen bedrogen met mijn vrouw, van

wie je met je poten af diende te blijven, maar jij hebt daarmee ook onze vriendschap, die ertoe deed, verraden. En weet je wat het gekke is? Ik weet niet eens wat ik erger vind.

Hij glimlachte geforceerd, viel stil, zakte achterover in zijn bureaustoel, zijn vingers in een driehoek onder zijn kin, zijn gezicht uit het licht, ik kon zijn ogen niet meer zien, dat maakte me ongemakkelijk.

Dat hij niet wist wat hij erger vond, getuigde van humor. Maar ik was er ineens niet zeker van dat hij het zo ook bedoelde. Hij stond op scherp en liet een lange pauze vallen, een teken dat hij de situatie meester was.

Ik trok mijn stoel dichter bij het bureau om zijn gezicht te kunnen zien, legde mijn armen op het bureau en maakte me klein.

– Rudi, laten we eerlijk zijn, het is nog steeds een vriendschap die ertoe doet...

– Hou je mond!

Hij schoot naar voren, ik schrok en deinsde instinctief naar achteren.

– Jouw eerlijke vriendschap heeft zich al getoond, siste hij. Had je eerder moeten bedenken. Sommige dingen moet een mens nu eenmaal eerder bedenken, anders is het gemakzuchtige achterafpraat...

Hij keek me dreigend aan, ineens een patriarch, ademde zwaar. Over vergeving durfde ik niet eens te beginnen.

– Wat jij me geflikt hebt...

Het woord geflikt paste helemaal niet bij Rudi, ik schoot van de zenuwen bijna in de lach maar kon het gelukkig nog net onderdrukken, er kwam alleen een varkensachtige knor uit mijn neus, die ik uit schaamte liet overgaan in het schrapen van mijn keel.

– Hypocriete flikker! vloekte hij weer sissend, zijn gezicht had hij nu veel dieper over het bureau heen gebogen, het licht scheen recht zijn ogen in, koude ogen van een slang leken het, waar alle menselijkheid uit weggetrokken was. Kennelijk was 'flikker' de ergste verwensing die hij voor een man kende, hij degradeerde mij daarmee tot iets dat onmogelijk indruk op een vrouw kon maken.

– Verraad van het zuiverste soort! siste hij weer. Hoe kan het?

– Maar Rudi, mag ik mijn kant...

– Nee, dat mag je niet... Alles van jouw kant is gedrenkt in verraad, dus ook je verdediging. Maar je hoeft niets meer te zeggen. Ik weet inmiddels dat je bij Ro in de auto zat toen zij die Sassavrouw aanreed en ik weet nu ook waar jullie tweeën op dat moment vandaan kwamen, de broers Sassa zijn weer langs geweest. Je mag best weten dat ik zo woest werd toen ik dat hoorde dat ik ze deze keer voor die informatie dubbel en dwars beloond heb.

Hij werd iets rustiger, had zijn ademhaling weer in bedwang. Hij flitste nerveus met zijn duim een paar maal langs de droge nagelbedding van zijn wijsvinger, het maakte een knisperend geluid. Het was een tijd stil.

– Ik verbied je nog ooit in de buurt van mijn vrouw te komen. Ik wil je nooit meer van mijn leven zien.

Hij had mij niet aangekeken toen hij de laatste zinnen woord voor woord uitsprak. Ik werd bang voor hem omdat in de ondertoon van deze gebiederij een ongedefinieerde dreiging lag.

Welk groot plezier zou ik hem niet doen door zijn drift gewillig te ondergaan, en het hoofd te buigen. Ik wilde dat ook, voor hem, uit naam van mijn vriendschap met hem, al wees hij die af. Zijn wraak was de ontzegging van zijn vriendschap aan mij en daarmee trof hij mij ook echt, maar het was zijn goed recht.

Mijn houding had niets met opoffering te maken, niks met goddelijke deemoed, niets met hulpeloos geformuleerde waarden van schuld en boete of overgave. Het was zoveel eenvoudiger dan al die opzettelijke religieuze mystificatie die zich als schijnbare wetmatigheid in ons denken had vastgezet: Ro en ik wisten precies welk risico de vriendschap tussen Rudi en mij liep, welk risico ons eigen huwelijk en wijzelf liepen. We handelden in het pure besef daarvan, misschien niet helemaal bij ons verstand, maar toch zoals we wilden. En hier zat ik voor zijn bureau, m'n knieën bij elkaar, gesnapt als een schooljongen op afkijken, en geen bekende die het licht aandeed en verlossend riep: 'Surprise!'

Ik ben rustig de kamer uit gegaan, heb halverwege de trap het Omega-horloge dat ik van hem gekregen had afgedaan en het op de trap gelegd. Ik had er geen recht meer op.

Ik heb me een stuk in mijn kraag gedronken en ben pas heel laat naar huis gegaan. Ik heb niet gedroomd. Wazig stond ik op, flarden van ons gesprek kwamen op maar drongen niet tot me door. Ik had Helen nog steeds niets verteld.

's Middags ben ik bij Randy in het instituut geweest, het was mijn beurt. Er was feest, ter gelegenheid van wat is me ontgaan. Ik was er niet helemaal bij. De kinderen hadden clownspakjes aan en feesthoedjes op en hun aandoenlijke gezichten waren groen-geel beschilderd, net een schilderij van Ensor van een optocht van gemaskerden. Het feest ging aan de kinderen voorbij, ze beleefden geen plezier aan hun verkleding, die als vreemde zakken rond hun lichaam hing, de hoedjes pasten niet bij hen, ze werden er alleen maar zonderlinger door. Alleen als er muziek klonk fascineerde hen en deed die hen soms stilstaan, maar na een tijdje zaten er weer een paar met de handen te draaien, rukten hun hoedjes af of stonden met hun achterhoofd tegen de muur te bonken.

We liepen samen naar de slaapzaal, waar we op zijn bed gingen zitten, Randy schommelde heen en weer met zijn bovenlichaam. Ik hield mijn hand open met een paar snoepjes erin, tijdens zijn schommelen keek hij steels naar de hand, plotseling griste de jongen de snoepjes weg en stak ze allemaal tegelijk in zijn mond, hij lachte breed uit en pakte met een hand mijn oor en kletste met de ander op mijn wang en hij bleef lachen, dat was eigenlijk nog nooit gebeurd dat hij mij zomaar aanraakte. De tranen schoten in mijn ogen, ik wilde hem omhelzen maar ik wist dat ik hem niet kon vastpakken, want dan zou hij schrikken en zich gauw weer in zijn slakkenhuiswereld terugtrekken. Ik wilde huilen, ik wilde dat Helen hier bij me was, maar we gingen om de beurt naar het Instituut, en namen Ralf ook af en toe mee.

In mijn auto heb ik daarna zitten janken, zo hard dat het de aandacht van een verpleger trok, die me vroeg of ik het wel redde. Meteen daarna wilde ik naar Ro. Ik ben een eind gaan rijden, voorbij het vliegveld, op de Vlakte, waar de harde rode zandgrond ligt en waar het waait en de zee woest tegen de noordkust beukt. Ik heb even geprobeerd tegen de wind in te schreeuwen, maar stak algauw een sigaret op die ik diep inhaleerde.

Mijn liefde voor Ro maakt me ook ongelukkig, ik moet me ertegen verzetten, want hij zorgt ervoor dat ik niets anders meer kan. Je leven wordt stuurloos, je verwaarloost degenen van wie je houdt ten koste van zoveel overweldigends. Het is niet goed om zoveel van iemand te houden, het is bovenmenselijk. En toch, het duivelse van deze verslaving is dat je alleen haar wilt, niets liever dan dat, je wilt in haar ondergedompeld zijn en nooit meer ademen, alleen omklemmen en omklemd zijn. Dát is het gevaarlijke zaad van de liefde, een verslavend opiaat waarmee de natuur of een god ons aan het leven kluistert. Die verleiding is een uitvinding van deze god, die een uitgekiende alchemist is, een waanzinnige dokter die zijn scheikundige kennis alleen uit machtswellust aanwendt en daarmee anderen aan zich bindt, de omnipotente prof. dr. God als makelaar in verslavende stoffen.

Het zeewater beukte hardleers tegen de hoge kust, het zilt had zich met de lucht vermengd en was als een plakkerig laagje op mijn gezicht neergeslagen. Hoe lang stond ik hier al? Ik kijk vanaf de rotsen naar beneden naar het woeste dat mij wilde opslokken. Verderop is de zee kalmer, hier raast hij alleen maar omdat het eiland zijn obstakel is, elk stuk land ligt hem in de weg op zijn tocht naar verder en naar meer, en uiteindelijk zal de zee in zijn razernij naar zijn eigen staart happen en zichzelf opdrinken en dat zal het begin zijn van een lange, dorre tijd.

25

Bob stond me nerveus rokend op te wachten bij de school. De kinderen joelden om ons heen en sprongen als baviaantjes rond de Chryslers en Plymouths en Chevy's in alle kleuren geel, rood en oranje, een enkele zuurstokroze. Een neutralere ontmoetingsplek was, met andere woorden, niet denkbaar. Ingi hing schuin aan mijn arm terwijl ze met haar vriendinnetje Lola snoep uitwisselde, dat wilde zeggen dat eentje een stuk kauwgum uit haar mond trok en de ander er heel langzaam ook tussen haar tanden mee naar achteren moest lopen om te kijken hoe lang de roze draad het zou houden.

Bob kwam dichter bij me staan, probeerde boven het kinderlawaai uit te komen. Ik zag aan zijn oogopslag dat hij gespannen was.

– Ik moet je iets zeggen... je moet weten dat Rudi...

Ingi trok zwaar aan mijn arm. Ik begon te lachen omdat ik aanvoelde dat Bob met een onthulling van een slippertje van Rudi aan zou komen, dat natuurlijk ook Rudi niet zonder feilen was, het maakte me niet uit. Ik vond het heerlijk dat hij ineens weer dicht naast me stond en bezorgd was, ik genoot van de ernst die zijn ogen uitdrukten.

– Gaat het soms over de stagiaire Renske? vroeg ik zo luchtig mogelijk. Bob trok zo'n oprecht verbaasd gezicht dat ik het helemaal mis moest hebben.

– Nee, nee, het heeft met het ongeluk te maken. Rudi weet inmiddels dat ik bij je in de auto zat...

Hoe kon Rudi dat weten? Wie kon hem dat verteld hebben? Mij heeft hij niets gezegd.

- Ik mocht het je van hem niet vertellen, zei Bob, maar ik vind dat je er recht op hebt het te weten, ik zou mezelf anders niet in de ogen kunnen kijken.

Ik liet Ingi's hand los, ze propte de uitgerekte kauwgumdraden die niét door het fijne grind waren gesleept in haar mond en stoof weg terwijl zij en Lola hard 'Stomme kletskippen!' naar ons riepen.

– Ze zijn bij hem langs geweest.
– Wie?
– De broers van de aangereden vrouw.
– Waarom?
– Ze zijn met haar op Rudi's kantoor geweest. Het been van de vrouw moest geamputeerd, Ro. Ze hebben jou er de schuld van gegeven en wilden geld zien.
– En dat heeft hij gegeven?
– Ja. Maar ze kwamen later terug en vroegen meer.
– Rudi laat zich afpersen? Waarom in godsnaam?
– Om jou.
– Om mij? Kom.
– Tokketokketok! gilden de kinderen uit de verte.
– Hij wil je behoeden voor de schuld aan dat geamputeerde been. Hij wil je het liefst tegen alle kwaad beschermen, Ro.
– Wat een onzin. Waarom zou hij dat doen? Schuld? Waar heeft hij het over? Het is toch vreselijk voor die vrouw, niet voor mij?
– Omdat zijn liefde voor jou hem dat ingeeft.
– Is dat liefde?
– Voor hem wel.
– Denkt hij dat ik niet weet dat hij wel eens iets met andere vrouwen heeft? Ik weet geen namen, soms moet je het laten gaan.

Ik wist niet waar ik die wijsheid vandaan had, het rolde er zo uit. Dat Rudi me als een kind behandelde in verband

met het ongeluk ergerde me duizend keer meer dan als hij bekend had zich in te laten met Dominicaanse hoertjes op Welgelegen. Ziedend werd ik plotseling, ik voelde mijn gezichtshuid verstrakken.
– Hoe heten ze, die broers? Zij heette... Carmela.
– Sassa, dacht ik, de broers Sassa. Wat wil je doen, Ro?
– Carmela Sassa. Haar opzoeken natuurlijk.
Ingi wilde wel bij Lola spelen, haar moeder vond het meteen goed.

Wij parkeerden onze auto's naast elkaar op het parkeerterreintje achter het ziekenhuis. Bob probeerde me nog te kalmeren, maar ik zei dat ik het zonder hem ook wel kon onderzoeken. Ik weet niet wat er in me gevaren was maar er lag een lont te smeulen, ik kon niet meer terug. Ik moest precies weten wat er met Carmela Sassa gebeurd was. Hij gaf me gelijk, sloeg een arm om me heen en zei dat hij me niet in de steek zou laten. Ik voelde me veilig.

Waarom in godsnaam had Rudi niks over dat been gezegd, waarom liet hij zich chanteren in plaats van mij op de hoogte te stellen? Of ik een vreemde was in plaats van zijn vrouw. Ik zou haar zelf verpleegd hebben, ik zou haar in huis hebben genomen, een of andere taak voor haar verzonnen hebben. Woest was ik.

Van der Vaart, een aardige chirurg die mij herkende van een van de recepties bij de gouverneur, stond ons welwillend te woord. Het onderbeen was niet meer te redden geweest en omdat de botversplintering al boven de knie begon was een prothese uitgesloten. Hij zocht haar gegevens voor ons op. Carmela Sassa was een ongehuwde moeder met drie kinderen. Hij krabbelde het adres op een afsprakenkaartje, het was in dit deel van de stad. Wat had ze daar in de buurt van de jachthaven te zoeken gehad? Zo'n eind van haar huis af?

Bob en ik liepen door de Breedestraat, de hoofdstraat. Omdat het december was verkocht een aantal zaken kerstbomen, iets waaraan ik in de tropen, net als aan Sinterklaas hier, maar niet kon wennen. We passeerden de kleding- en meubelwinkels, in vrolijk pastel geschilderd, de eigenaren leunden in de deuropening, rookten een sigaret en deden niks anders dan dromerig voor zich uit kijken en glimlachen. Straatverkoopsters zaten op de stoep en boden losse groente, sigaretten en zonnebrillen te koop aan. We sloegen een zijstraat in die licht naar boven helde. De huisjes werden kleiner en vervelozer, we liepen langs een paar *bentana's*, raamwinkeltjes in woonhuizen van waaruit oudere vrouwen pinda's, sigaretten en snoep van eigen fabrikaat verkochten, pinda-ijs en perendrups en andere kleurige zoetigheid. Dat zag je alleen in deze volksbuurt. Er waren geen winkels, dus als je er niemand kende had je er niets te zoeken, ook Bob was hier sinds zijn jeugd niet meer geweest.

Het was warm in de steegjes, mensen hingen op hun stoepjes te roken en achter openstaande shutters zag je af en toe een silhouet en werd er een zucht geslaakt of wat gemurmeld. De bevolking keek ons verbaasd aan, wat zochten wij hier? Een paar kinderen wezen en riepen: 'Makamba! Makamba!' We liepen door de Zaantjessteeg. Bob noemde namen van bekende volksfiguren over wie hij vroeger van zijn vriendjes had gehoord: je had Leni Fransès, ook wel madame Chantalou geheten, die kwam van een Franstalig eiland, Shon Odilia van het lekkerste snoep, de vissers oom Chinchi en Shon Djan, de dames Royer, Gigi de Windt, die behalve schrijnwerker ook violist was in het Curaçao's Orkest en natuurlijk de schoenmaker Dòdò Sapaté, die eigenlijk Theodore Nieuw heette en die een zuster had, Shon Manda, die behalve stroopsoldaatjes en kinderkleren hele goeie knikkers verkocht.

In de gang van het huis met nummer 89 dat op het kaartje stond, wachtte een rij mensen in keurige lichte pakken en met panamahoeden op, de vrouwen in witte en paarse jurken, sommige droegen hoedjes met een pleureuse.

Het was een groot huis. De blinden van de ramen aan de straatkant stonden open, je hoorde lachen dat net zo goed huilen kon zijn. Voetje voor voetje schoof de rij mensen de gang van het huis in. Bob en ik sloten ons aan.

– Ik heb geen idee wat dit is, zei ik, een heilige communie?

– Het lijkt meer op rouwbezoek, fluisterde Bob, die de gebruiken van het eiland beter kende dan ik. Hij had hier als jongen wel eens gespeeld bij een vriendje, maar hij moest bekennen dat hij er verder ook niet veel van wist. Zo'n klein eiland en ze lopen elkaar niet eens voor de voeten.

We hoorden luide stemmen die iets aanriepen, geweeklaag en ineens hoog gehuil, alsof er een opera werd opgevoerd, daarna weer luid gelach. We keken elkaar aan. Ik tikte op de schouder van een vrouw die in een prachtige paarse jurk voor me in de rij stond.

– Woont hier een zekere Carmela Sassa?

Ik probeerde zo zacht mogelijk te fluisteren.

– Carmela Sassa? Wie is dat, Carmela?

– Ze mist een been...

– Sorry, ken ik niet. Dit is het huis van Hypolito Martinus, ken je die niet? Hij had twee kleine tenen aan één voet. Maar nu is hij dood. Gestikt in twee muntjes van tweeeënhalve cent die hij voor het slapengaan altijd onder zijn tong legde, voor geluk en om daar beneden geld voor de overtocht te hebben, 't schijnt daar net zo duur te zijn als hier bij ons met de pont...

De vrouw begon gierend te lachen, de anderen keken

niet op. Haar gieren werd binnenin het huis beantwoord met een huil-gier. De vrouw zocht naar iets in haar tasje, ze trok er een zakdoekje uit, waarmee ze haar ooghoeken depte.

– Twee placa, gierde ze weer, maar nu zachter. Vijf cent om de heilige rivier over te komen. Maar ja, Hypolito was rijk, dus die kon het weten. Het is nu *ocho dia*, de hele week is het klagen en lachen in dit huis. De shutters zijn net opengegaan om de geest van Hypolito te laten wegvliegen, tenminste als die oude donder zich niet onder een stoel verstopt heeft! Ze gierde het weer uit, nu toonloos.

– We hebben het samen heel gezellig gehad... Het is een echt vrolijke begrafenis.

Binnen begon een bandje te spelen, mensen in de rij lieten subtiel hun bekken deinen. Niemand vroeg wat wij daar deden. Bob pakte ineens mijn hand en trok me mee naar buiten.

– Hier is het niet.

Ik was zo blij dat hij bij me was. Ineens drong de letterlijkheid van de uitdrukking 'aan iemand gehecht zijn' tot me door. We stonden besluiteloos op straat.

– Wie zoek je?

In het open raam zat een lichtgekleurde man met een panama op. Hij bewoog zijn knappe hoofd op de muziek die binnen gezongen werd.

– We zoeken Carmela Sassa, een vrouw zonder been...

De man boog zijn lange bovenlichaam in een bocht naar buiten en zei dat de Sassa's niet op dit nummer woonden, maar aan het einde van de straat, hij wees met zijn benige vinger.

– Daar bij het rode stoepie...

De familie woonde daar in bij hun tantes, twee rijke waarzegsters die elke middag spreekuur hielden. We zouden het rode huis vanzelf wel zien, er stonden altijd veel mensen. Hij tikte aan zijn hoed, draaide weer naar binnen en zong mee met de muziek.

Aan het einde van de straat – er had 59 in het doktershandschrift gestaan, niet 89 – stond inderdaad een rij mensen voor een huis dat niet meer in al te beste staat verkeerde. Het moet ooit paarsrood geweest zijn, getuige 'het rode stoepie', maar een vuilgele kleur kwam er in huilerige strepen dwars doorheen. Aan de voorkant onder het raam hurkten een paar jongens van een jaar of dertien, ze gaven een sigaret door waar ze ieder steeds een trekje van namen. Een paar kleine meisjes deden midden op straat haasje-over. Bij het eind van de rij sloten we ons aan en vroegen of de Sassa's hier woonden, de drie laatste mensen in de rij knikten maar zeiden verder niets. Ze hadden een briefje of een voorwerp in hun handen. Wierooklucht vulde de gang, het prikkelde je luchtpijp en je ogen.

De kamer puilde uit van de mensen. In het midden stond een tafeltje met daaraan gezeten twee vrouwen met opvallende koraalkettingen om. Ze rookten sigaren en bliezen een voor een kringels rook naar boven. Voor de tafel stond een man met een hoed in zijn hand. De twee vrouwen bestudeerden de cirkels boven zich.

– Negen! Zes! Drie! riepen ze in de eilandtaal.

Ze staken de koppen even bij elkaar en tipten hun sigaren af. Eentje zei iets met een lage stem. Ik vroeg Bob wat ze zei.

– Het is geloof ik een soort weersvoorspelling voor de geesten, fluisterde hij, voor een gunstig verschijningstijdstip... Ik keek intussen rond of ik Carmela zag zitten of, god verhoede, zag staan. Arm wezen, stompzinnige die de weg op vloog, wild dier. De man voor de tafel zette zijn hoed weer op en verdween tussen de rij wachtenden. De volgende werd geroepen. Een jonge, magere vrouw kwam naar voren en boog zich naar de twee vrouwen, legde een voorwerp neer en fluisterde hun iets toe, daarna schoof ze geld op tafel dat razendsnel door de rechter in haar schortjurk gestoken werd. Er kwam een kopje op tafel waarin de vrouw moest spugen, een van de twee waarzegsters schepte een lepel koffiedik uit een kan in het kopje, schudde het kopje in grote cirkels, neuriede iets en kieperde met een klap de inhoud van het kopje op het tafeltje waar een zeiltje op lag, met afbeeldingen van blauwe appels en rode peren. Om ons heen hoorde we 'Cachi-cachi' fluisteren.

– Ik heb eens met een oude negerin gepraat, fluisterde Bob, zijn adem kriebelde lekker in mijn oor, en die oude negerin zei dat in haar gemeenschap de traditie van *brua*, hun magie, voornamelijk gekoesterd werd als een geheim wapen tegen de blanken. Die waren er al in de slaventijd bang voor en ze zijn het nog. *Curioso's*, vrouwen die alles van poeders en kruiden weten, hebben grote macht, ze kunnen een *fucu* uitspreken over andere mensen, een vloek waar het slachtoffer gek van kan worden. En je hebt ontzettend veel spookfiguren zoals Onzegbá of Eszé, dat zijn mensen die hun huid zomaar af kunnen laten vallen en onzichtbaar worden en het op pasgeboren kinderen hebben gemunt. De kracht van de zwarte ten opzichte van de witte is dat hij een vanzelfsprekende binding heeft met de geestenwereld, omdat het een oeroud volk is, dat niet, zoals wij gedegenereerde blanken, van zijn wortels is afgesneden. En de negers zijn zo slim om dat beeld van generatie tot generatie in stand te houden.

– Toch straalt er echt iets magisch van die koppen af, fluisterde ik terug.

De linker curioso begon nu met haar vingers in de drab te roeren, trok er lijnen in en begon haar zware interpretatiewerk. Ze spuugde in de hand van de klant, prevelde iets vlakbij haar gezicht en zond haar weg. De vragenstelster trok een verbaasd gezicht, misschien niet helemaal zeker van de grote betekenis van wat haar net was overkomen en welke lessen zij eruit moest trekken. Ze droop af. De volgende kreeg een zakje met poeder tegen liefdesverdriet mee, een ander een bolletje was of zeep tegen overspel en nog weer een ander een flesje met een gekleurde vloeistof tegen uithuizigheid in het algemeen.

Het donkerde in de kamer. In de hoeken werden kaarsen en olielampjes aangestoken. Er hing een geconcentreerde, gewijde sfeer. De anders zo uitbundig pratende bevolking was ernstig en stil. Een weemakend mengsel van wierook, zoet parfum en zweet vulde de ruimte. Door de open shutters kon je zien dat het begon te schemeren, een oranjeroze lucht, op een paar plekken sneed de lage zon nog een scherp contrast. Bob had ondanks de warmte zijn arm om mijn schouders gehouden, een arm die er, zo leek het, altijd was geweest.

Een dikke vrouw op slippers kwam voor het tafeltje gesloft, zei een paar woorden maar viel bijna meteen op de grond, waar ze begon te krijsen en met haar ogen te draaien. Een van de twee waarzegsters riep iets, ze stonden allebei op en knielden bij haar neer onder het herhaald uitspreken van formules en gerammel met hun kettingen. Uit een deur aan de andere kant van de kamer kwamen twee mannen met in het midden Carmela op krukken. Bob kneep in mijn hand, opdat ik de sfeer niet zou verbreken en de aandacht niet op ons zou vestigen. De mannen begeleidden de hippende Carmela naar de nog epileptisch schokkende vrouw op de grond, trokken zich toen terug in een hoek waar ze muziekinstrumenten pakten en ritmisch begonnen te spelen. Carmela had een kort wit-tulen jurkje aan. Haar bruine stomp die in een roze vlekkerige knoop eindigde, was goed te zien. Mijn benen begonnen te trillen, ik kneep hard in Bobs arm. De waarzegster geleidde een hand van de liggende vrouw naar Carmela's geknotte stam, terwijl ze opgezweept door het ritme van de muziek hard begonnen te zingen, waarbij ze één zin herhaalden. Bij dat perverse aanraken van de strakke stomp gaf Carmela een theatrale schreeuw, boog knap achterover en voorover, stiet een lange, hoge toon uit, knipperde wild met haar oogleden en draaide met haar ogen tot er alleen maar wit te zien was. Een geluid van zowel opwinding als afschuw meanderde door het publiek. Hier werd Carmela veel rijker van dan voor mij twee keer per week jurken te naaien of zilver te poetsen. Ik schaamde me ineens voor mijn belachelijke Florence Nightingale-gedrag.

Carmela werd ijlings op een draagstoeltje door de zijdeur afgevoerd door de twee broers, wat een groots theatraal effect gaf. Zou ze nog terugkomen? De waarzegsters hielpen de rustig geworden dikke vrouw op de been en spraken zacht sussend tegen haar.

Het was onmogelijk om onder de ogen van het publiek die zijdeur in te gaan. Toch zou dat het beste zijn, ook om in één keer van de afpersing af te zijn, want nu ik haar stomp gezien had was de angel er ook uit. Ik had medelijden met haar, maar ik was toch ook opgelucht om haar zo handig met het ontbreken van haar been om te zien gaan.

Het was vrijwel donker geworden. Het schijnsel van de kaarsen en olielampjes op de grond flakkerde in de steeds voller wordende kamer. Al wilden we weg, dan nog was het een hele worsteling om tegen de stroom in naar de gang te komen en het zou zeker niet gewaardeerd worden. Het viel me in dat ik de twee vrouwen een vraag kon stellen over Bob en mij, maar de sessie ging alweer voort. Opeengepakt en warm hielden we elkaar in evenwicht, af en toe steeg een kreet op uit het publiek, een kreun om verlossing of de koele hand van een god.

Zo dicht met mijn neus in Ro's prachtige haar, dat geurde naar parfum middenin die klamme weeïgheid die ons wiegde... Hoe zou ik straks in staat zijn haar nooit meer te zien? Haar van me los te rukken als een wondkorst? Hoe zou ik in haar geheugen eindigen? Opgeborgen in een doos onderin een donkere kast? Of zou ze aan me denken? Moest ik haar nog meer over Rudi toevertrouwen? Wat wist ik helemaal van hen samen af? Wie was ik om hem zijn liefde voor haar te betwisten? De vriendschap tussen Rudi en mij was over, maar ik wilde hem geen dolk in de rug steken, daar was hij me te dierbaar voor, ook al was ik zijn vriend niet meer. Het verbaasde me dat ik geen enkele agressie tegen hem koesterde nu hij mij eruit had gegooid. Ik slikte mijn verlies, misschien door mijn eigen rol, misschien uit medelijden met hem, maar ik wilde het niet alleen als een banaal verhaal van overspel laten eindigen. Soms moet een vriendschap, net als een grote liefde, op afstand blijven. Ik snoof haar geur nog een paar keer op, want ik moest me die voor altijd inprenten.

26

Bob steunde zijn kin zacht op mijn hoofd. Tegen de achterwand hadden zich een stuk of acht muzikanten opgesteld, de meeste met de tambú, andere met een *wiri*, een metalen buis met kerven waar je met een staafje overheen raspt. In een gevolg van kaarsdragers werd Carmela de zaal weer binnen gebracht op het zeteltje, gedragen door twee andere mannen. De waarzegsters hadden zich teruggetrokken op de vensterbank en hadden ineens meer weg van twee gezellige buurvrouwen dan van spirituele leidsters. Een pikzwarte man met een glimmend hoofd in een kleurig geborduurd overhemd – zijn geelwitte tanden blikkerden in het kaarslicht – liep voor Carmela uit met een schaal in zijn handen. De muziek was opzwepend en zij liet haar hoofd alle kanten op tollen, je zag het wit van haar ogen en kon in haar dieproze, opengesperde mond kijken. Haar stomp zat onder de jurk. Het publiek, dat kennelijk wist wat dit allemaal betekende, begon te sissen en met de tong te klakken. Ik kon mijn ogen bijna niet meer openhouden door de bedwelmende atmosfeer. Plotseling spatte de priester of wie hij ook was verf of bloed uit de schaal op de spierwitte kleding van Carmela, die in trance was en het publiek liet geschrokken een schreeuw horen. Ik hield Bobs hand stevig vast. Weer spatte de man Carmela onder, nu haar gezicht en hals en weer een kreet van het publiek, alsof de omstanders pijn voelden. Het was geen aangenaam gezicht. Ik werd duizelig, kreeg niet genoeg adem, zakte tegen Bob aan, de muziek stopte.

Het volgende moment hoorde ik van heel ver 'Ro!' roepen, 'Ro!' en voelde ik handen op mijn gezicht kletsen. Bob hield mijn gezicht tussen zijn handen. 'Ro!' riep hij weer, het was heel dichtbij maar ik hoorde zijn stem van ver. Toen dreunden ineens de trommels weer op sterkte in mijn oren.

– We moeten hier weg, riep Bob tegen mijn gezicht. Ik knikte, begreep niet dat andere mensen niet ook flauwvielen. Bob trok mij dicht achter zich aan, baande ons een stroef pad door de menigte.

We stonden buiten, waar het nog warm was maar in ieder geval koeler dan binnen, we hoorden de stemmen van het publiek meedoen met de muziek. We wilden net weggaan toen een grote man met een glimmend gezicht Bob bij zijn schouder pakte. Hij schrok even.

– Wat jullie hier gezien hebben, moet je voor je houden, begrijp je? zei hij streng. Hij liet een lange pauze vallen en bleef daarbij Bobs schouder voor de zekerheid met één grote hand vasthouden.

– Er zijn hier nooit blanken bij. Je moet vergeten wat je hier gezien hebt. Je mag er nooit met anderen over praten.

Hij omvatte onze beide handen in zijn grote hand en liet ze met een zwaai vallen, keek ons met een grijns aan en draaide zich om. Met enkele stappen was hij de donkere gang in verdwenen. De raadselachtigheid van zijn woorden was moeilijk te rijmen met de gulheid van zijn grijns en dat liet ons in verwarring achter.

We liepen zonder om te kijken de weg af, schuin naar beneden, in de richting van een paar flauwe lichten in de hoofdstraat.

Pas in de hoofdstraat hielden Ro en ik stil. In het westen was een paarsrode wolkensliert zichtbaar. Ik zag dat we voor een begrafeniswinkel stonden, de deur open, achterin bij een kunstlichtpeertje een man die geconcentreerd aan een kist stond te schaven. We keken voorzichtig in de richting van de straat waar al dat vreemde zich als in een onderwereld had afgespeeld.

Hoewel ik het de hele tijd vermeden had, was dit misschien het laatste moment waarop ik Ro kon vertellen over hoe Rudi mij op zijn kantoor ontboden had, dat hij mij de vriendschap voor altijd had opgezegd en wat dat voor ons zou betekenen. Ik vertelde hoe hij me als een slang aan had gekeken, met koude ogen vol haat. Dat ik nooit had vermoed dat zoiets hards in hem kon schuilen. Welk medelijden ik met hem had, omdat ik degene was die die wond bij hem had veroorzaakt. Dat ik niet wist wat wij nu moesten doen. Dat het zo niet verder kon.

Zij hoorde me aan en in haar ogen zag ik hoe woede, verbazing en wanhoop zich verdrongen.

– Laten we weggaan, weg van Curaçao, naar Zuid-Amerika, nú. Wij samen. Voor altijd.

Haar ogen waren van het allerdierlijkste bruin dat ik ooit zag.

Ik betwijfelde of ze het meende. Het was een gevaarlijk verleidelijk en wanhopig voorstel. Het was zó romantisch dat het licht om ons heen leek te veranderen en me onwerkelijk voorkwam, alsof er dadelijk een filmregisseur achter een auto vandaan kon komen die zijn complimenten maakte over ons spel in deze scène. Natuurlijk was dat wat ik het allerallerliefste wilde, haar blindelings volgen. Maar Helen en mijn zoons zijn een deel van mij dat ik, net als een hand of been, niet kan afhakken. En ook Ro, hoewel zij hierin luchthartiger dan ik lijkt, wilde niets ontwrichten, wist ik. Maar haar onschatbare grootsheid school daarin dat zíj probeerde iets onmogelijks waar te maken.

Haar liefde voor mij was wonderbaarlijk onvoorwaardelijk. Ik keek haar aan maar het was niet mogelijk iets te zeggen, mijn keel vast in een schroef, angst, of lafheid, noem het hoe je wilt.

Ro tuurde naar het eind van de hoofdstraat. Ik keek met haar mee, alsof ze zo-even niet een ongelooflijk verzoek had gedaan. Er flakkerden lichten in de verte, een paar wolken dreven in de richting van de zee, ergens achter ons werd muziek gemaakt. We waren bijna samen in Zuid-Amerika en nu moesten we opnieuw afscheid van elkaar nemen. En ik wist niet hoe dat moest.

27

Nog maar een paar maanden geleden hebben Rudi en ik in de openluchtbioscoop naar de mooie Braziliaanse film *Orfeu Négro* gekeken en nu zie ik het affiche weer. Op een plein zijn ze met de Cinetruck – een nieuwigheid die een paar jaar geleden door de Rotaryclub aan de bevolking van Curaçao geschonken is – druk bezig aan de voorbereidingen voor de vertoning, een generator trilt, het geluid wordt getest, er klinkt af en toe een geweldig gekraak. Mensen slepen stoeltjes aan, een aanstekelijke opwinding vermengt zich met de zoelte.

Ik had tegen Bob gezegd dat hij maar als eerste weg moest gaan, dat ik toch geen afscheid kon nemen. Er was in mij helemaal geen plek voor afscheid.

Ik keek hem na toen hij wegreed en dat deed hij stapvoets, de motor ronkte stationair, zo traag reed hij, alsof je te langzaam een pleister van een wond af trok. Hij stak zijn hand uit het raam tot boven het dak en zwaaide.

Ik wist niet wat ik moest doen. Ik was in paniek, maar die had zich vermomd als stroopachtige rust, steeds dezelfde gedachten echoden in mijn hoofd. Ik wist niet waar ik heen zou gaan. Hem onmiddellijk achterna? Een geweldige scène schoppen? Naar Leo en Olga en alles uitleggen? Naar huis? Naar de anderen? Tita? Selma? Het zou alleen maar een van de vele roddels worden en men zou zich er op den duur mee amuseren, als met een hondje dat een kunstje kan. Ik moest rust nemen om alles tot me door te laten dringen en de consequenties te overzien.

Want als Rudi Bob inderdaad de vriendschap had opgezegd, hoe moest het dan als zij elkaar ergens tegenkwamen, en wat moest ik als ik hem tegenkwam? Dat zou onvermijdelijk gebeuren en ik was niet van plan om me te laten opsluiten.

Het is pikdonker, op wat strooilicht uit een paar omringende huizen na. Ik wil nog niet naar huis, ik kan best een tijdje hier blijven, vind ik. In het donker naar zee of verder de koenoekoe in is geen goed idee, het is voor de bevolking al vreemd genoeg dat ik me überhaupt in hun wijk bevind. Ik ga op het stoepje van een woonhuis zitten waar geen licht brandt zodat ik niet meteen opval en toch goed uitzicht op het filmdoek heb. Vanuit de Cinetruck wordt nu een testfilmpje met cijfers, rondjes en balkjes geprojecteerd.

Mensen blijven maar op het pleintje toestromen, met krukjes en kussentjes komen ze aangesloft. Het geroezemoes en het gelach om me heen voelen vertrouwd aan, het maakt loom. Waarom heeft Rudi Bob de vriendschap voor altijd opgezegd? Ik kan me voorstellen dat hij jaloers is, maar dat zal toch weer wegebben? Over een halfjaar, een jaar zal alles vergeven zijn, het tij zal zijn kerende werk doen en de scherpe randen zoeten, toch?

Orfeu is een zwarte trambestuurder in Rio de Janeiro die geweldig kan dansen en gitaarspelen. Tijdens het turbulente carnaval wordt hij verliefd op Euridice, maar zij moet vluchten voor een belager. Ik krijg een blaadje in mijn handen gedrukt. In films en boeken leidt passie tot de fysieke dood, maar in de werkelijkheid vaak alleen tot een verminking. Je moet gaten bikken in je hart, daar je liefde in opsluiten en het gat voor altijd dichtnaaien. En als je oud bent zal je hart een lappenkussen zijn, het stiksel schots en scheef en de vulling puilt er aan de kanten uit...

Op het plein begint de film, de mensen roepen enthousiast iets uitdagends als ze de glimmend zwarte en knappe Orfeu zien, hun tragische held, maar dat weten ze nog niet... De film en de muziek nemen me helemaal in beslag, maar toch blijven mijn gedachten dwangmatig om Bob cirkelen, flarden van zijn zwaaien, zijn ijle kus op de parkeerplaats, zijn lippen. Voor het laatst? Maar dan verdwijnen we weer samen in een golf van de zee, op de Barlovento, op een cruiseschip, als Amerikaanse toeristen of als verstekelingen. Ik ben nooit ver de Caribische zee op geweest, nooit verder dan waar je met de zeilboot komt, maar nu varen we de richting van Jamaica of Cuba op, we nemen onze intrek in een luxehotel in Victoriaanse stijl, balkons met witgeschilderd snijwerk, een zwembad en bedienden in livrei. Of voor mijn part in armoede op een hoerenkamertje in de haven, met verschoten bloemetjesbehang en een scheefgezakt fotolijstje aan de muur. Bob is de man aan wie ik me lichamelijk totaal wil overgeven, terwijl ik dat nog nooit gewild heb. In hoeveel levens komt zoiets voor? Eén oogopslag, één oppervlakkige aanraking geeft een elektrische ontlading die me de adem beneemt... Mag dat allemaal wel door één persoon aangericht worden? Mag ik dat aan mijzelf toestaan?

Ik word in mijn schouder geprikt. Ik ben ondanks de opzwepende muziek in slaap gevallen. Ik zit tegen het huis aan geleund op het stoepje. Een oude vrouw met een gelooid gezicht en een pijp in haar mond houdt me een glas citroenlimonade voor en dringt met haar sterke vingers aan, terwijl ze haar ogen op het filmdoek gericht houdt waar *Orfeu Négro* nog steeds bezig is. Het Braziliaans echoot tegen de muren van het pleintje. Ik pak het glas dankbaar aan en drink het achter elkaar leeg. De vrouw lacht een paar tanden bloot en komt naast me zitten. Ze vraagt me wat ik hier doe, of ik verdwaald ben, waar ik woon, ben ik moe of ziek? Ik schud mijn hoofd. Of ik soms moeilijkheden met de man heb? Ik glimlach en draai wat met mijn handen. Tevreden pluimt ze rook. Ik pak haar knokige hand en leg die in de mijne. Ik bedank haar voor de limonade. Ze wil er niks van weten, zegt dat als ik slapen wil ze in haar huis een extra bed heeft staan, ze klemt mijn hand stevig tegen haar zij en zegt dat ik de eerste blanke in tachtig jaar ben die haar zo een hand heeft gegeven, ze drukt het vuur in de pijp aan met haar duim, de tabak ruikt scherp. De bossanova barst weer los op het scherm, het is een wervelende film om verliefd op te zijn. Ze reikt me de kleine fles rum aan die de hele tijd bij haar voeten heeft gestaan. Hoewel ik niet van sterke drank houd, zeker geen eigen stooksel waar je vast blind van wordt als je er niet aan gewend bent, neem ik een slok. Het schroeit mijn keel, de tranen springen in mijn ogen, dan glijdt een gloed over mijn lijf, alles tintelt.

Ik word wakker van het applaus en een fluitconcert. De mensen klappen uitzinnig. Ik schaam me omdat ik tegen haar schouder in slaap gevallen ben, maar ze vindt het niet erg. Iedereen zit na de film met elkaar te praten en te lachen, er worden flessen rum en bier doorgegeven, iemand speelt een riedel na uit de film op een quatro, iemand zingt, iemand begint aanstekelijk heupdraaiend te dansen...

Als je leven op zijn kop wordt gezet, was je leven daarvoor dan al stuurloos en heb je het niet gemerkt? Of is dit nieuwe leven maar een oude dukdalf om een tros naar uit te gooien? Dezelfde betovering ken ik alleen uit mijn schooltijd, toen alles je verbaasde en alles spannend was. Magie heeft vat op kinderen en simpelen van geest, zeggen ze wel eens, de magie van de verliefdheid borrelt op uit de diepste plooien van je binnenste en vult je met een vluchtige damp – 'spiritus' of 'geest' wil toch niets anders zeggen dan dat? Het doordrenkt ons wezen, wat dat ook zijn mag, maar dat doet het. Eén oogopslag van de juiste persoon is voldoende om onze fijngevoelige bedrading van de wijs te brengen. Of zou alleen wie geen ruggengraat of karakter heeft dit overkomen, alleen de licht ontvlambaren en naïevelingen...?

Sinds wanneer is mijn liefde voor Rudi dan tanende? Voor ik Bob een hand gaf op de zeilclub was dat niet bij me opgekomen. De macht der gewoonte is een grote gladstrijker en soms is geluk een lome figuur in een hangmat, heen en weer gewiegd door een onzichtbare hand. Onze liefde, die van Rudi en mij, was iets gestolds in glas, een steenrode vlindervleugel met een tekening in Oost-Indische inkt erop. Mooi maar nutteloos. Op een ander moment zou ik die liefde gewoon stabiel genoemd hebben, we kenden elkaar goed en voelden elkaar aan. Dat Rudi weliswaar de laatste jaren heel hard was gaan werken had mij alleen maar meer tijd voor mezelf gegeven, om te boetseren, te denken en te lezen. En hoewel we ook veel verschilden was dat allemaal te overbruggen, ons kind groeide op in een paradijselijke omgeving, de zon scheen, er was altijd wat te doen, nooit voelde ik me eenzaam of verlaten. We leefden in een bevoorrechte wereld, op een gouden speldenknop van suikerwerk midden op een zoete taart omstuwd door een zee van slagroom, we lazen poëzie alsof het leven niet anders dan daarin gevangen kon worden, we voedden ons met muziek en herkenden er ons diepste wezen in, om ons heen slechts lieve en waardevolle mensen. En toch... toch jeukt het onder je nagels, onder je huid verlang je naar een kras of een plotselinge verstoring van al die rust. Waarom? Omdat voortdurend geluk wel moet eindigen in een catastrofe? Of verlangt al te veel evenwicht een douw, weg van de rechte weg. Doet het jou struikelen, het avontuur in?

Ik vraag of ik nog een slok mag van de fles rum, die nu in de schoot van de oude vrouw ligt. Ze kijkt op en steekt me de fles toe: 'Drink, drink,' zegt ze en dat het me goed zal doen, witten denken te veel, morgen zal het licht me alles vertellen... De tweede slok smaakt al gemakkelijker, de tinteling is hetzelfde, beter zelfs. Ik zit hier ordinair op straat te drinken, maar het kan me niet schelen, ik val niet meer op in deze buurt en dat bevalt me. Bij de oude vrouw hurkt nu en dan iemand om met haar te praten, rustig en met veel respect. Ze zegt een paar woorden terug, lacht dan hoog en vervalt nu eens in smakken met haar lippen en dan weer geklak met haar tong dat misschien wil zeggen: zo is het nu eenmaal, ze wrijft zichzelf over de droge armen en ellebogen. Er komen steeds meer mensen bij ons zitten en om ons heen staan, ze vragen me wat ik van de film en van de muziek vind, en gelukkig heb ik hem al een keer gezien en vertel ik wat mijn favoriete scènes zijn en hoe mooi ik Orfeus samba vind, hoe knap Orfeu...

Het wordt een feest op het plein, mensen beginnen te dansen, er zijn gitaristen en bongospelers bij gekomen. Een man vraagt mij ten dans en alhoewel eerst schuchter, sta ik toch op en dans ik met hem, het lijkt alsof het vanzelf gaat, ik kan wel dansen maar zo moeiteloos als nu ging het nog nooit. Ze zijn vergeten dat ik wit ben, met de weinige straatverlichting ziet niemand het hoop ik, maar het maakt ze niet uit, ik doe met ze mee omdat ik dat wil. Vanaf de kant moedigen ze me aan met handgeklap en tongklak en misschien vinden ze me heimelijk wel een uitsloofster of een vreemd persoon die bij hen verdwaald is, maar dat kan me niks schelen. Er zijn nu ook ineens andere mannen die met me willen dansen, knappe, opwindende, gitzwarte mannen, hun gebitten blikkeren in het maanlicht, hun stoere wijde overhemden hangen netjes gestreken om hun torsen naar beneden en met een minimum aan inspanning maar met opperste concentratie dansen we. Zo licht als zij mijn hand tussen hun duim en wijsvinger laten rusten en zo met de minste druk een nieuwe wending in de dans aangeven...

Voor ik het in de gaten heb begint het licht te worden. Er zijn nog wat mensen op het plein achtergebleven, sommigen liggen tegen een paar achtergebleven stoeltjes op de keien te slapen, een groepje zit bij elkaar te drinken, naast mij slaapt een jonge jongen met een meisje in zijn armen. De oude vrouw is vertrokken, ik heb haar jammer genoeg niet zien weggaan, ik had haar willen bedanken, misschien zie ik haar nog. Het is fris, daarvan kun je nog genieten voordat het zo alweer warm wordt, terwijl het schemerlicht in de vroegte nog aan de nacht doet denken, maar over een halfuur herinnert de zon je eraan dat dit echt een dag is zonder de slagschaduw van de vorige. 'Je bent alles vergeten,' wil die vroege morgen zeggen, 'als ik met mijn vingers knip ben je wakker.'

Ik ben stijf, dat merk ik pas als ik opsta van het stoepje. Ik moet de stijfheid van me af lopen en steek het plein over, een klein straatje in, de stad uit, landinwaarts.

Homerus spreekt van de rozevingerige dageraad en vandaag is hij precies zo. Aan de rand van de stad is geen beweging te zien, geen ezel, zelfs geen hagedis die op zoek is naar zijn ontbijt. De stadsweg houdt op en gaat onaangekondigd over in ruig, roestbruin gruis. Stug waaihout en strenge cactussen houden met elkaar de wacht over onherbergzaam gebied. Ik vind er telkens wel weer een kronkelpaadje, soms met stukgeslagen groen glas van de flesjes bier die de jongens en de mannen drinken. Na een week hard werk op de olieraffinaderij trekken sommige mannen in het weekend – maar niet voordat ze hun geld op tafel hebben gelegd – met een matras en een kruik jenever de mondi in om zich laveloos te drinken, de vrouwen willen dat niet in huis hebben.

Het wordt warm, maar gelukkig trekt de passaat aan. Ik heb mijn zonnebril in de auto laten liggen, dus ik loop zolang mogelijk met de opkomende zon heerlijk priemend in de rug. Mijn open witte schoenen zijn niet geschikt voor een wandeling in de doornstruiksavanne, maar het kan me weinig schelen, soms glijd ik weg op rollend gruis, dan stap ik bijna in een doornstruik of op een verdroogd stuk cactus, maar er gebeurt niks ergs. De knisperende lucht en de geur van de struiken snuif ik diep op en ze maken me op een simpele manier gelukkig. Ongelukkig word ik alleen als ik aan Rudi denk, aan de verwijdering die ongemerkt tussen ons is ontstaan. Het is niet door Bob en mij gekomen, het was er eerder al, maar we hebben het geen aandacht gegeven.

Schtss! Zonder dat ik het gezien heb ben ik met mijn scheen langs de punt van een agave gelopen, het brandt verschrikkelijk. Een klassieke snee, met tientallen keurig aanhangende bloeddroppeltjes, de pijn trekt langzaam weg. In de verte zie ik cactussen met, wat ik zo op het eerste gezicht onderscheiden kan, witte lakens erop. Als ik dichterbij kom zie ik twee vrouwen bezig met oude kerosineblikken water op te halen uit een put, ze wassen lakens in een teil en hangen ze op de stekels van de cactus te drogen in de morgenzon. De vrouwen kijken naar me op, lachen een beetje naar elkaar en groeten me in de eilandtaal. Ze hebben Amerikaanse vlinderzonnebrillen op die helemaal niet passen bij hun kleren of hun bezigheid. Ik vraag of ik het water uit de bron kan drinken, maar ze waarschuwen me dat dat niet kan. De ene vrouw rookt, ze pakt een Coca-Colafles gevuld met water en biedt me die aan. Ik neem een slok die naar iets tussen cola en citroen in smaakt, maar wat het ook is het lest mijn dorst. Na een paar slokken wil ik de fles teruggeven, maar de vrouw houdt hem tegen en zegt dat ik nog meer moet drinken. Ze vragen me wat ik hier doe, eentje bukt zich en bekijkt de toch flinke snee op m'n scheenbeen. Ze leidt me naar een platte steen en zegt dat ik moet gaan zitten, van een dood stuk cactus snijdt ze met een mes uit haar schort een stukje en plet het met het heft, ze legt het pletsel op de snee, drukt het aan en haalt het weer weg, neemt een slok uit de colafles in haar mond en sproeit het op de wond. De twee gezonnebrilde vrouwen overleggen met elkaar, even loopt hun meningsverschil hoog op maar dan beginnen ze een laken uit te wringen en als ze daarmee klaar zijn draperen ze het op een cactus. Ik weet niet of ze nog iets van plan zijn, maar ze bemoeien zich niet meer met mij, de behandeling is kennelijk klaar. Ik koester me in de zon, zoals je de leguanen op het eiland 's morgens vaak kunt zien doen, die nemen een zonnebad en trekken er op hun typische prehistorische manier een gelukzalige kop bij, niets kan ze dan storen, het kan ze niet schelen of ze op dat moment gespietst en opgegeten worden, het zijn nu eenmaal zonaanbidders, hun bloed is traag en koud geworden van de nacht.

Zolang ik nog paadjes vind tussen de doornstruiken en de mangrovebossen trek ik verder de mondi in, beloof ik mezelf. Waarom weet ik niet, het staat me tegen om terug te gaan naar de stad, in mijn auto te stappen en naar huis te rijden. 'Huis' is ineens zo'n wankel begrip.

Ze zullen zich wel afvragen waar ik ben. Ik heb me er tot nu helemaal niet mee beziggehouden, maar misschien heeft Rudi wel groot alarm geslagen, zijn ze me aan het zoeken. En Ingi? Moet ik haar niet naar school brengen? Gwenny zal wel voor haar zorgen. Mijn god, al die dingen heb ik me de hele tijd niet afgevraagd, heel Villa Elsa bestond niet, hoe is dat mogelijk? Ze zullen zich zonder mij toch ook wel redden? Misschien is dit een nare droom en zit ik daarin op een steen in de zon even gedachteloos of even filosofisch als een leguaan. Ik neem afscheid van de twee vrouwen en loop verder het dichtbegroeide gebied in. Het kan me niet veel schelen wat de vrouwen denken van die mevrouw in haar mondaine strokenjurk en witte open schoenen, ze denken waarschijnlijk dat ze een beetje *gaga* is, of dronken, net iets voor een blanke om 's ochtends zo in de koenoekoe rond te zwerven.

Witte wolken razen voorbij, opgejaagd door de passaat. Je kunt je de laatste mens op aarde wanen, want hier is niets, behalve de lege flessen bier die overal zijn. Straks, straks loop ik misschien weer terug naar de bewoonde wereld, naar het parkeerterreintje van het ziekenhuis, dan weet ik wat ik zal doen.

Je mag het lot van je eigen leven nooit in de handen van anderen leggen, waarom dat zo is weet ik niet, maar dat zegt mijn overlevingsinstinct. Ik zie nog mijn hand op de chromen hendel van de wagen van dokter Blasius, de vader van Do. Hij had zijn hand – als een dokter dacht ik eerst nog – op mijn borst gelegd. Daarna keek ik naar de zee en drong het tot me door dat ik en niemand anders de verantwoordelijkheid voor mijn leven had. Zo is het gebleven. *Je moet doen wat je moet doen.* Er is maar één leven.

Ik schrik, uit het niets komt een man op een ezel tevoorschijn, hij zit met blote voeten op een matras als zadel, hij rookt een sigaretje en grijnst dom naar me zonder tanden, als hij dichterbij komt maakt hij er een grommend geluid bij. Ik zeg hem in de eilandtaal gedag en hij mompelt iets over een mooie dag, bliksem en hoererij, denk ik, zijn gegrom gaat over in gehinnik waar ook de ezel van aanslaat, en als ik hem nakijk kijkt hij achterom, maar door die houding valt hij van de ezel af, hij vloekt en hinnikt en probeert de voortsjokkende matras bij te houden. Even verderop zie ik een paar kabrietjes nieuwsgierig aan wat stenen kruiken jenever snuffelen. De geitjes zijn niet bang voor mij, eentje knabbelt aan de zoom van mijn jurk. Het moet de rum van gisteravond zijn die me zo'n droge smaak in m'n mond geeft, ik moet weer water drinken. Zouden die twee wasvrouwen er nog zijn? Ik heb geen idee hoe ver ik ben gelopen. Ik draai me om, het zonlicht prikt in m'n ogen, had ik mijn zonnebril maar. Ik scherm het felle licht met mijn hand af. Heel in de verte is de stad te zien, de Hollandse dakpannen blikkeren in dezelfde meedogenloze zon.

28

Je moet doen wat je moet doen. Ik rijd naar Bob. Ik stop pal voor het huis, de banden jagen stof op. Ik loop door de openstaande deuren het huis binnen. Dat het heel vroeg is maakt me niet uit. Helen, nog in ochtendjas met een glas fruitsap aan de lippen, is verbijsterd. Bob kijkt me aan, ik zeg dat hij met me mee moet gaan. Hij gaat me voor naar de slaapkamer, sluit de deur. Ik zeg dat ik nu met hem weg wil, nu. Naar Venezuela, Cuba, Jamaica, Argentinië, dondert niet, we kunnen onmiddellijk een vliegtuig nemen. Hij kijkt me lang aan. Ik zeg dat ik ervan overtuigd ben dat wij samen weg moeten, ergens anders een heel nieuw leven moeten opbouwen. Ik houd hem bij zijn ellebogen vast. Ik zeg dat ik weet en hij weet dat wij elkaars grote liefde zijn. Dat ik onmogelijk nog op het eiland kan blijven.

– Ik sta op mijn benen te trillen, Ro, zegt hij.
– Ga mee, kom.

Het is een eeuwigheid stil. Zacht rinkelt er glas in mijn oren, ik zie alleen maar een oneindige spiegel van zee.

– Maar Ingi dan? Je kunt je eigen kind toch niet in de steek laten?
– Ingi zal niet ongelukkig zijn zonder mij.

Daar heb ik over nagedacht. Ik zal voor haar een zeemoeder zijn die haar kind van haar avonturen vertelt in lange brieven op dun vliegpapier, die zij in een trommel bewaart. Het zijn spannende verhalen over steden en landen die zij niet kent. Ik zal het zo voor haar opschrijven dat ze mij kan zien lopen in die steden of in de bergen van een ander land. En altijd als ze mij wil zien of horen, opent ze de blikken trommel en leest de brieven in het handschrift dat ze zo goed kent en kijkt ze naar de foto's, postzegels en etiketten van jampotten en sigaren, pennendoosjes, al het speelgoed wat ik haar stuur. En meer dan bij een moeder die er altijd is, zullen we allebei zo naar elkaar verlangen en elkaar platdrukken in een omhelzing als we elkaar weer zien. Ik zal de heldmoeder zijn naar wie ze uitkijkt. Ik zal haar veel opzoeken. Rudi vindt een andere vrouw, een tweede moeder die goed voor haar is, nauwlettend als hij is. Mijn kind wordt een mens met verlangens naar wat zich achter de horizon bevindt, met een sterke wil, met een lange adem. Ze mag mij alles vragen en ik zal altijd proberen haar eerlijk te antwoorden.

– Rudi zal voor haar zorgen. Ga met me weg, liefste?

Langzaam schudt hij zijn hoofd. Hij omhelst me, we zitten stil met onze mond warm tegen onze plakkerige halzen. Dan laat hij zich achterover vallen op het bed en reikt naar zijn nachtkastje, hij pakt een bundeltje gedichten. Hij wenkt me, ik kom naast hem liggen. Hij leest twee gedichten van e.e. cummings ('love is more thicker than forget', en 'i like my body when it is with your body'). We liggen nog even bewegingloos naast elkaar.

– Mag ik even bellen?

We staan met ons drieën stil in de kamer als in een komedie waarin alle acteurs even hun tekst kwijt zijn. Helen knikt en kijkt bezorgd.

Ik bel naar huis. Er hangt een waas voor mijn ogen, Rudi's stem klinkt van heel ver. Hij is buitengewoon ongerust geweest. Ik zeg dat er niets met mij aan de hand is. Ik staar naar de snee op m'n scheen, er zit een korstje op, ik buig me wat voorover en begin er aan te pulken. Of alles goed is met Ingi. Hij zegt dat ze nog bij Lola is. Dat

hij zelf geen oog heeft dichtgedaan. Ik zie dat er een knik in het stoffen omwindsel van de telefoondraad zit, je kunt de rode en zwarte draden erdoorheen zien.
– Kom je naar huis, Ro?
Ik knik, daarna besef ik dat hij dat niet kan zien. Zijn stem klinkt gebroken. Ik heb dat nooit eerder zo gehoord.
– Waar ben je nu?

29

Bob is hier in huis taboe geworden, ik moet zorgen dat zijn naam niet valt. Alles wat met hem te maken heeft is onrein, een boek dat hij ons cadeau heeft gedaan, een beeldje. Een dichtbundel heeft Rudi weggesmeten. Witte liefde kan niet anders dan een keer vuil worden. Ik heb Bob naar de verste uithoeken verbannen, of nee, ik heb hem verstopt, op de zolder van mijn hoofd, waar niemand komt. Daar zit hij met zijn rug naar me toe in het schemerdonker en gelukkig kan ik daardoor niet zien of hij verdrietig is. Nu hij taboe is mag ik hem niet meer aanraken, niet aan hem denken, moet hij uit mijn geheugen slijten door zich weg te laten gummen, maar echt lukken wil dat niet. Nog niet. De tijd zal zijn beeld wel doen stilliggen als een gevallen herfstblad, zijn stem zal alleen nog gevoileerd klinken tegen de achterwand van mijn schedel.

Deze grote liefde hebben we samen moeten laten sterven, als een doodziek kind.

Ik was blij dat Gwenny me zo goed geholpen had bij het inpakken van de hutkoffers. Er hing elke avond een grijze sfeer in huis als zij vertrokken was, alsof de noodverlichting aangedaan was. We gingen nergens naartoe, bezochten niemand en niemand bezocht ons. Het was de eerste keer dat ik de avondgeluiden van insecten en andere dieren bewust hoorde. We zaten te lezen of Rudi werkte in de studeerkamer. Degene die ik een paar dagen terug was geweest, kon ik me moeilijk meer voor de geest halen. Ik was van iets groots bezield geweest dat zo tastbaar leek, maar dat nu tot iets ondenkbaar ijls vervlogen was.

Rudi bleef lang onvermurwbaar. Zijn hele wezen straalde rigiditeit uit, stram vermeed hij mijn blik. Hij wachtte de uitslag van de Rothschildprijs niet af, hij zei bitter dat hij hem toch niet zou krijgen omdat er politieke redenen waren om hem aan een ander, Baretti of Celestin, te geven.

We zouden wel zien hoe ons leven in Holland werd. Ik maakte me er geen voorstelling van. Verbale kou tussen twee mensen heeft geen afmeting, dus herinner je je achteraf de zwaarte wel maar niet de duur. We zaten in een impasse en verder manoeuvreren had geen zin. Wachten tot we op het onbeweeglijkste punt zouden zijn gekomen en dan opnieuw beginnen met klimmen.

Ingi leidde ons af, ze speelde toneel en nam verschillende rollen voor haar rekening. Ze kroop op schoot bij Rudi, die in de fauteuil in een boek verdiept was, toverde een poppenkastpop tevoorschijn en begon daarmee een gesprekje met haar norse vader, die door mij niet uit zijn loopgraaf te krijgen was. Het kind zette een komische stem op. Eindelijk begon Rudi zacht te grinniken, Ingi verloor zich in een absurdistische dialoog, de pop zei dat Rudi in een kokosnoot veranderd was, dat hij harig en hard vanbuiten was maar binnenin hoorde je iets lekkers klotsen...

Mijn kind was bezig mijn huwelijk te redden. Ik dacht dat ook uit haar blik op te kunnen maken, kinderen zijn kleine zieners, daarvan ben ik overtuigd. In haar eigen belang redde ze ons, haar verzwakte beschermers, en ze had gelijk. Ze trok aan Rudi's oor en fluisterde hard, zodat ik het horen kon: 'I love you,' ik draaide me van die twee af om hun verbond niet te verbreken.

Onverschilligheid is als een onmerkbaar schimmelen,

heel langzaam bederft de verhouding tussen man en vrouw, en als het begint te ruiken dan is dat het begin van een chemisch proces dat niet tegen te houden is. Zover is het met ons nooit gekomen.

In de laatste week voor we vertrokken hielden we een *yard sale*. Alles wat we niet konden meenemen werd in de tuin voor de porch uitgestald. Veel van wat we hadden zou in het sobere Holland waarschijnlijk misstaan. We hadden herinneringen aan strenge grijze ruimtes waar weinig daglicht in doordrong, donkere dressoirs en eeuwig tikkende klokken. Al te frivool spul moesten we maar achterlaten. Maar misschien was het ons grijze humeur dat ons tot die overwegingen bracht.

Er kwamen veel meer mensen dan verwacht, we hadden vrienden op de hoogte gesteld en ook wat aankondigingen in de stad gehangen, een kleine advertentie in de *Curaçao Herald* geplaatst, de auto's stonden in een sliert de heuvel op geparkeerd. Even verbeeldde ik me dat Bob wel eens bovenop de Kroon kon staan om het gade te slaan. Hij kon de advertentie gelezen hebben en anders zou hij wel van ons aanstaande vertrek gehoord hebben van de anderen.

Gwenny liep af en aan met karaffen limonade. De spullen vlogen weg, er was ook wat gekleurde bevolking op af gekomen, een paar sterke kerels namen de bedden en de bank mee in een pick-up, de piano ging naar Ben en Livia, Olga en Leo hadden hun oog op een paar beeldjes laten vallen.

Ergens in de tuin klonk stemverheffing, ik kwam net uit de keuken met pasteitjes. Ik zag Rudi heftig gesticuleren tegen een stel zwarten. Ik schrok en baande me een weg ernaartoe. Het waren de Sassabroers met hun zus Carmela. Rudi probeerde me te verbieden me ermee te

bemoeien, maar ik wuifde het weg en liep op hen af.
 – Bent u niet Carmela Sassa? Ik heb u al een keer proberen te vinden.
Carmela had een soort schortjurk van stijve paarse stof aan, veel minder elegant en frivool dan het tulen jurkje waarin Bob en ik haar hadden gezien.
Iedereen viel stil. Rudi en ook de broers Sassa keken me stomverbaasd aan.
 – Kom, zei ik en ik haakte mijn arm in de hare zodat ik haar kon ondersteunen.
Iedereen begon weer te bewegen en bukte zich om de spullen beter te bekijken. Rudi had natuurlijk geen idee wat ik aan het doen was. Ik riep Gwenny met het blad limonade en bood Carmela een glas aan. Ik zei haar dat ik haar gezocht had in de Benedenstad, bij een brua-seance in haar huis met de twee vrouwen, dat ik toen al met haar had willen spreken. Carmela keek me ongelovig aan. Maar nog voor ze iets kon zeggen, zei ik haar dat het me speet van haar been, dat zij ook wel wist dat het een ongeluk was en dat ik haar graag iets wilde geven, niet om het af te kopen – ik keek haar in haar ogen, maar ze sloeg ze verlegen neer –, maar omdat ik haar graag iets wilde geven. En weer haakte ik mijn arm in haar arm en we liepen naar een antiek kastje dat daar buiten een beetje een eenzame indruk maakte. Ik trok een lade open, haalde er een zilveren sigarettendoos uit en gaf hem haar.
 – Maak maar open, zei ik.
Ze opende het deksel, er klonk een muziekje van een speeldoos en tegelijkertijd was er ineens een klein danseresje opgedoken dat op een spiegeltje rondjes danste. De broers waren dichterbij gekomen en keken naar de sigarettendoos. Ik haalde een Dupont-tafelaansteker uit de la van het kastje en een verzilverde cocktailshaker van Felix & Forbes waar wij niks meer aan hadden en die zij mis-

schien nog konden verkopen. Carmela lachte naar me en bedankte me, de broers vertrokken geen spier en ondersteunden Carmela bij haar ellebogen. Ik zag Rudi hen achterna gaan en met hen spreken bij het hek, hij in zijn witte katoenen wijde broek en shirt en de Sassa's in hun donkerpaarse en zwarte kleren. Rudi zei later dat hij haar geld in handen had gegeven, voor haar kinderen. Ze hadden niets meer gezegd en waren in hun kleine truck gestapt.

Aan het eind van de middag, nadat iedereen weg was en de tuin de aanblik van een kleine ravage bood, pakte Rudi me beet en omhelsde me alsof hij me nooit meer los zou laten. Hij huilde, wat ik hem nog nooit had zien doen.
 Niemand had ooit zo om mij gehuild, en waarschijnlijk zou ook niemand bij leven om mij huilen. Hij moest het wel menen, ik zag zijn in een paar weken vermagerde gezicht, knap op een strenge manier, met een verbeten trek om zijn mond, maar zijn ogen waren nu klein en warm als van een in het nauw gedreven dier en ik kon bijna zijn hart horen kloppen.
 Ik geloof dat één moment, een millimeter, iemand scheidt van beslissende daden en gedachten, een seconde waarin iets op een geheimzinnige manier tot je wezen doordringt nog voor je het begrepen hebt.
 Ik zou Rudi nooit meer verlaten, als je zoiets al kunt besluiten. Het kwam neer op een belofte aan iets in mijzelf dat ik toen nog niet goed kende.

30

Zou ik in slaap gevallen zijn? Terwijl ik al dood ben? Toch heb ik het idee dat ik iets gemist heb. Dat is juist het kenmerkende van dood-zijn, dat je aan het leven van alledag niet meer meedoet. En zo is het, een dode moet niet kinderachtig doen. Een mens op leeftijd moet niet jongedingerig willen zijn, authentieke bejaarden staren uit het raam en voelen met droge en trillende vingertoppen aan de aarde van hun geraniumpot, basta.

Mijn god, ze hebben nu iets orgeligs opgezet, Buxtehude? Zouden er dan gasten zijn? Wat steekt daar voor een maanbleek gezichtje over de rand, wat een foeilelijk roze hoofddoekje, mevrouw! Maar het is Belle, m'n Belleke, mijn werkster, ik herkende je niet, waarom heb je zo'n lelijk hoofddoekje omgedaan, uitgerekend nu. Dat jij me nou komt bezoeken, schat... Maar wat kijk je nou, zo erg is het nou ook weer niet. Ik ben gewoon dood, zeg maar op reis. Ze legt een roosje op m'n borst, een prachtig geel roosje, snik nou toch niet zo, lieverd. Ze is alweer weg, geloof ik. Als dat zo doorgaat... Wie nu weer? Ah, zij van de uitvaartverzorging, trekt even m'n kraag goed, heel attent, ze letten hier overal op. Ik kan de zaak echt aanraden.

Als je nou toch vanuit de kist een sigaret mocht roken... zie je het voor je? Een kist op schragen, mooi goudkleurig rokje eromheen en dan zo'n fijn kringeltje rook erbovenuit, de dode heeft even een rookpauze. R.I.V.: 'Dat zij roke in vrede', opschrift voor een crematorium. Zoals ik nu ben de hellesauna in te moeten – knappend geluid van het vuur dat de houten kist verteert –, nee. Ik vind de geur van brandend hout anders heerlijk en bij een haardvuurtje kan ik altijd wel licht filosofisch wegdromen... Maar als het goed is word ik in stijl begraven, een vrolijke dood, liefst met een tikje humor. Heb ik er wel met Ingi over gesproken, over een buffetje na? Vast niet, hoewel we onze passie voor oesters, kreeft en andere fruits-de-mer delen. Wij maar kraken en slurpen in een Parijse brasserie en Rudi maar walgen achter zijn steak à point.

Hé, Charles Takema, knikt me toe. 't Is hier net een wieg, dan zie je maar eens wat een pasgeboren baby al niet te verduren heeft, die geparfumeerde hoofden van divers pluimage die onaangenaam en onaangekondigd boven je komen zweven.

Wie is dat? Mevrouw De Lieme van de buren, en meneer De Lieme ook, die durft, aandoenlijk dat ze naar een oud lijk komen kijken.

Het orgelen heeft plaatsgemaakt voor, ja voor wat, een plas Händel of Vivaldi, 'iets dat makkelijk in het gehoor van bezoekers en overledene ligt' staat er vast in de catalogus, want het laatste dat men in diep verdriet wil is geïrriteerd worden door muziek.

De Pietersjes, alle twee tegelijk.

'Kiest daarom niet te zware kost uit, personeel en bezoekers mag niet al te zeer op het gemoed gewerkt worden', ja, dat zou van goedkoop sentiment getuigen, hetgeen koste wat kost binnen het brede scala van het begrafeniswezen vermeden dient te worden.

Tsuuk en Roei! Wat een schatten.

31

Lang was daar dan de leegte van een nieuwe ruimte met opgestapelde verhuisdozen in Holland. Van een holle voetstap en de harde klik van het opendraaien van het slot. Van het ophangen van een eerste schilderijtje. Van het inhaken van nieuwe gordijnen in de oogjes aan de rails. Een wapenstilstandgebied waar zwijgend werd gegeten en waar alleen als je geluk had werd opgekeken uit een boek of van het schrijven van een brief. Het kind dat stampvoetend en gillend lak heeft aan wat volwassenen te zwijgen hebben. Dat liefde eiste en kreeg. Stilte is niets voor een kind, het moet de echo van de wereld horen om die te leren kennen.

En zonder dat je wist hoe dat eigenlijk was gebeurd hervatte het leven zijn koers, de weeïge stemming was weggeëbd en onze stemmen klonken tot onze eigen verbazing vrolijk op, soms met uithalen als er vrienden op bezoek waren. Een uitgelegde loper trok je het leven weer in, waar geklink van glazen, gelach, een warme handdruk, een kus in de nek weer hun gewone zelf waren. Alsof de geluidsband van een film, die een tijd lang gemoffeld en verdraaid geklonken had, plotseling weer de tegenwoordige tijd in liep met een helder, bijna schel geluid.

Rudi aanvaardde een grote opdracht in Amsterdam en vestigde er zijn kantoor met een compagnon. Nieuwe opdrachten volgden. Het lukte hem naam op te bouwen, hij werd de gevierde architect die hij had gedroomd te zijn. Hij heeft mij nooit de schuld gegeven van het mislopen van de Rothschildprijs. Zoals hij wel dacht, kreeg Baretti, een geboren eilander, hem op politieke gronden. Rudi was er niet wrokkig om, althans niet openlijk. Hij kreeg later grotere prijzen.

Het immense tweepersoonsbed werd bezorgd. Er konden met gemak vier volwassenen in slapen. Rudi had een hekel aan kleine slaapkamers, zo ontwierp hij zijn huizen ook, met royale slaapkamers en wc's. Hij was ver weg als hij sliep. Als we niet wilden hoefden we elkaar niet aan te raken. Maar na een periode van onwennigheid kwamen langzaam oude beelden weer boven, van voor Curaçao, en na verloop van tijd herkende ons vingertopgeheugen onze schouderbladen en onze ruggengraat weer. We vreeën alsof we elkaar net kenden, alsof er iets op het spel stond in plaats van het tegendeel.

Desondanks bleef er een laag mist drijven tussen ons, iets waar wij beiden geen vat op hadden, niet wilden hebben, we praatten er niet over. Net als over een paar minnaars van mij of zijn minnaressen die kwamen, en altijd gingen.

Maar het was eenzelfde nevel die mij hielp bij het maken van mijn torsen en koppen in mijn atelier, het gebied dat ik 's morgens met een mok koffie in dook en pas aan het eind van de middag verliet, luid begeleid door Bach of Bartók op een grauwe Supraphon-platenspeler uit het Oostblok. Muziek heeft altijd als opiaat op mijn verbeelding gewerkt. Het ritme van de muziek en het ontstaan van de vorm horen voor mij bij elkaar. Naarmate ik langer en geconcentreerder werkte, maakte dat me ook gelukkiger. Hoe verder weg van het woelen van de wereld, hoe beter. Ik ben in mijn leven wijzer geworden van steen en hout dan van andere mensen. Niet dat ik een zonderling of een kluizenaar ben, maar de stilte en de concentratie in het atelier brachten mij in een wereld waarin ik liever vertoefde. Ik was niet voor een gezinsleven gemaakt, hoeveel ik ook van mijn kind hield. Ik zou altijd het theekopje kiezen waarvan het oortje miste en waarvan de roestbruine barstjes de binnenkant dooraderden. Bij mijn beelden stootte het perfecte mij ook af. Het was het onaffe, het getordeerde dat me altijd weer getroffen heeft.

De lichtste ruimte in ons huis, die met een erker en strak rood linoleum op de vloer, had ik als mijn atelier bedongen, de overige inrichting liet ik aan Rudi over, die er al een plan voor had. Strak en modern diende het huis te zijn, met veel lichte wanden en felle kleurvlakken en lampen van de Nieuwe Zakelijkheid. Er was ook letterlijk een nieuw tijdperk aangebroken, alles wat herinnerde aan nostalgische tijden moest verdwijnen. Zo werd een Jugendstiltekening in de gang witgekalkt en een inderdaad nogal kitscherig glas-in-loodraam in de kamer, voorstellende een schip van de Oost-Indische Compagnie met daarop de spreuk 'oost west thuis best', werd in zijn geheel verwijderd. Rudi vond dat de geest moest waaien en dat kon niet in muffe kamers. Ik bemoeide me er weinig mee, had er geen mening over. Was het liefst op het atelier met mijn beelden en muziek. En de uren die ik met Ingi doorbracht – dat waren er niet veel omdat het kind een sterke hang naar andere huizen had en vaak bij een vriendje of vriendinnetje overbleef – waren gevuld met haar fantasie en mijn aandacht. Maar ik vond dat de rol van ouders overschat werd, een kind kon beter van verschillende ouderen inzichten opdoen dan van die ene beperkte of vooringenomen moeder of vader, die als het goed is hun kind de eerste vier jaar liefde genoeg gegeven hebben. Alle andere uren bracht ik of werkend in mijn atelier door of met vrienden, in musea en bij concerten of lezend in de erker die uitkeek op het park. Hoewel ik alleen dat wat ik als mijn beste werk beschouwde bij een galerie ondergebracht en het ook heel af en toe verkocht werd, wist ik dat ik geen Barbara Hepworth was. Boven alles uit torende de harde werkelijkheid dat ik financieel van Rudi afhankelijk was. Ik vond dat moeilijk te verteren, maar aan de andere kant was ik vrijgesteld en kon ik proberen te raken aan de vormen die me voor het oog van mijn geest verschenen.

In het begin als Ingi en Rudi thuis waren, vertelden we elkaar onder het eten de dag en Ingi voerde als altijd het hoogste woord en als ze niets vertelde, stelde ze vragen over onderwerpen waarvan wij nooit hebben geweten dat ze haar bezighielden, zoals de werking van de ijskast, waarom zwarte mensen zwart zijn of waarom boomstammen niet zinken in water.

De levens van Rudi en mij schoven van toen af aan langs elkaar heen, licht als vitrage. Het was niet zo dat er geen sprake was van genegenheid, die was er wel. Het beleven van muziek en andere kunst bood ons een bredere horizon dan het beperkte van onze karakters. Welke godheid heeft de mensen de opgave gegeven om binnen het huwelijk het vuur twintig, dertig jaar of meer met de hoogste eisen gaande te houden, dat is iets van mythische proporties, geboren als wensgedachte en toen bij vergissing tot wet gemaakt. Mensen willen hun leven zo graag als één groot en gecontinueerd verhaal zien. Maar het is meer een reeks toevalsmomenten, aan elkaar geregen door iemand wiens hobby het is naadloos tegendelen aan elkaar te lijmen. En ons hardwerkende brein, die lieverd, maakt er in alle goedheid een geheel van, hij likt en last en zoet en kneedt hier en daar een oneffenheidje weg. En kijk, we zien een heel lange rol gebeurtenissen en spreken dan van één leven.

Dit ene leven ligt hier nu op schuimrubber en satijn, er wordt nog een laatste blik geworpen op het omhulsel, meestal vlug, soms aandoenlijk met een hand of een bloemetje op me. Ik herken ze allemaal, het zijn er best veel, familie, goede vrienden en kennissen uit nabije en lang vervlogen verledens. Wie je toen was voor die en die? Wat moet ik er nu nog mee? Godzijdank is er, buiten jezelf, niemand die jou helemaal tot op het bot kent. Is het soms gepast dat je met de herinnering aan al die treurige gezichten onder de aarde verdwijnt...? Welnee, je zou met je kist op een dansvloer moeten staan zodat het aan alle kanten trilt, je elke danspas voelt, met iedere draai van een paar je koelte toegewaaid wordt. En dan zou je zo breekbaar als een vaas moeten worden, een vaas die ze daar op die gladgelakte dansvloer aan diggelen laten vallen, want dat is wat je dan werkelijk bent, een hoop schitterende scherven.

Ik houd het niet zolang meer vol *cet obscur objet du désir* te zijn. Poppetje gezien? Kastje dicht. Dat ze eens aanstalten maken om de boel dicht te schroeven. Je hebt er geen idee van dat het allemaal nog zolang duurt als je allang de pijp uit bent, een grof schandaal eigenlijk.

Daar is ze, mijn eigen kind nog even, lieverd. Ze glimlacht, goed zo, Ingi! Heb ik je toch nog wat kunnen leren.
– Dag, lieve mammie, slaap lekker.
Ja hoor, 't is al goed. Maak er wat van, kind, nou wegwezen anders krijg ik wat.

– Dag, lieve Ro...
O mijn god mijn god mijn god... Een verdichtsel van mijn fantasie... Een gevolg van mijn toestand hier op deze onnatuurlijke plek... Een auditieve hallucinatie...
– Dag, Ro, ik weet dat je me zult verstaan, op een of

andere manier dring ik wel tot je door.

Zijn stem is nog precies hetzelfde, iets minder rasperig misschien, zo warm van toon, zo mooi van intonatie, een echte gedichtenstem, om onmiddellijk verliefd op te worden...

– Ik ga je wat zeggen, m'n lieveling.

'Lieveling' zei hij ook altijd op Curaçao tegen me als hij me belde. Hij spreekt heel zacht, zodat anderen hem niet verstaan. Hij leunt met zijn armen over elkaar op de rand van mijn kist, zijn gezicht dichtbij het mijne, ik kan bijna zijn adem voelen.

– Je bent nog even mooi als op onze laatste dag... Sindsdien ben je nooit meer uit mijn hart geweest... In deze portefeuille draag ik je altijd bij me, hier, samen met een paar dichtregels... je pasfoto die ik ooit ontvreemd heb, die is langzamerhand zo bros geworden dat hij bijna uitelkaar valt, maar als ik jullie naast elkaar leg, zie ik werkelijk niet veel verschil, lieve Ro.

Ik ben meteen gekomen... natuurlijk. Jouw wonderbaarlijke kind, jouw Ingi, die, ik schrok, bijna jouw evenbeeld is, belde mij na al die jaren en vertelde dat jij in het ziekenhuis lag en dat het misschien niet lang meer zou duren voor je dood zou gaan, Ro... Dat jij niet meer in staat was, maar zij heeft mij gevraagd, omdat zij het wist, omdat jij haar verteld hebt hoeveel wij elkaar... geen moment aarzelde ik, omdat, dat weet je, onze liefde nooit is overgegaan... Dood is maar een incident vergeleken met mijn herinneringen, Ro, ik kan je toch zo weer naast me zien, op het krakkemikkige plankier van Essie, hoe je aan het kokosijs likt, met zoveel plezier, lieve, lieve Ro... Ik zie je toch, het zit aan je Griekse neus en jij kent een trucje, jij kunt met het puntje van je tong het puntje van je neus aflikken...

Het is waar, dat kon ik. Ik proef het weer, dat heerlijke ijs! Bob naast me in de schaduw op het plankier van Essies ijspaleisje... Of op de zeilboot, gezicht in de wind en de zon, scherend over het schuimturquoise van de Caribische Zee. Zie je? Je hoeft de koperdraadjes maar aan elkaar te knopen en de lamp brandt weer, veertig jaar na dato.

– Je weet niet, of misschien wel, hoeveel geluk dit moment me geeft, om je na... hoeveel? ...na al die tijd te zien, al ben je dood. Helen is dood, Rudi ook. Kijk, de Omega met inscriptie, herinner je je die? Die ik van hem kreeg omdat ik hem gered had van die vrachtauto, dat weet je, maar ik had het horloge teruggeven toen hij mij de vriendschap opzegde. Ik vond het niet gepast het langer te dragen. Een paar jaar terug, na vijfendertig jaar stilzwijgen, kreeg ik tot mijn verbazing het horloge opgestuurd, in een cassette, zonder commentaar, met alleen een kaartje en zijn naam in inkt erbij geschreven. Nauwelijks twee maanden later hoorde ik dat hij overleden was...

Een subliem organisme is de mens! Hoe is het mogelijk om na al die tijd hetzelfde te voelen? Geen herinnering aan die liefde maar de verliefdheid zelf... In je kist!... Obsceen gewoonweg.

– Jij weet hoe aangedaan ik was, en nog ben, door mijn liefde voor jou, maar je weet niet half wat ik gedaan heb om je aldoor te zien, je pad toevallig te kruisen, dagelijks uit heb gekeken naar je auto of die soms ergens geparkeerd stond, daar naar binnen met bonkend hart en spieden, bij recepties, feestjes, in de supermarkt, op straat, uren en uren van zoeken en kijken of ik niet een glimp van je kon opvangen en als ik dan een sjaal zag die jij ook had erachteraan en dan bleek jij het niet, natuurlijk niet want jij was ergens anders, altijd ergens anders. Alle informatie die je me langs je neus weg gaf, waar je een avond, een middag zou zijn, sloeg ik op, noteerde ik in code in mijn agenda op de krant. Op het laatst wist ik elke dag bijna waar je van uur tot uur verbleef, liefste. Op de krant had ik toen een la barstensvol gedichten die ik allemaal in plaats van grootse artikelen geschreven heb. Geleefd heb ik op dat opiaat van liefde, op het rekkende verlangen naar jou. Ik had nog nooit zo lang zo hevig naar een ander verlangd. Niets heeft me sindsdien zo intens beheerst als jouw persoon, jouw betoverende ogen en mond, die al het mooie en goede van deze wereld spiegelen, de hele rataplan, wat onwetenden clichés noemen, maar die zijn waar! De zo zachte huid van je hals, je handen, je borsten, je alles, ik begrijp Salomo wel, dat hij zijn Hooglied zo schreef en niet anders. Misselijk van verlangen ben ik geweest toen we elkaar niet meer konden zien. En toen je wegvoer was ik die jongen van vijfendertig in het wit op de kade, toen de Nieuw Rotterdam uit de haven vertrok, maar je hebt mij niet gezien, anderen met veel minder verdriet wuifden jullie uit, met slingers en met serpentines...

Ik heb jou ook gezocht, liefste, maar je niet gevonden, ik heb alle hoeken en kieren van de kade afgetuurd of jij niet toch gekomen was, ik zocht je auto, de figuurtjes op de kade waren zo klein. Rudi wees naar een groepje, dat hij door zijn verrekijker had gezien, ik keek toen ook door de kijker maar kon moeilijk de heel andere kant op zwaaien. Bij het afscheid van Curaçao, liefste Bob, heb ik alleen aan jou gedacht in de hoop dat jij het zou merken.

– Lieve Ro, een mevrouw met een hoedje met voile staat me al een tijdje heel streng aan te kijken, ik had je stiekem onder mijn arm met me mee willen nemen naar Curaçao om je feestelijk te begraven, een kapelletje voor je te bouwen voor altijd, een bloeiende flamboyan op je graf, maar omdat dat niet kan, hebben Ingi en ik een verrassing, je merkt het wel, lieveling...

Hij heeft twee vingers zacht op mijn lippen gelegd, konden ze daar maar eeuwig blijven, maar hij is al weg. Ik hoor gepraat en gestommel. Het deksel trekt over me heen. Stemmen geven aanwijzingen, maar worden overstemd door het knarsen van schroeven die aangedraaid worden. De overledene moet beslist geen aanleg voor claustrofobie hebben, dat moet er nog bij in de folder. Leuk, er komt nog wat licht door de kiertjes.

Daar gaan we, hop, de hoogte in, op schouders denk ik, van wie? Ian, Charles, mijn broer Willem en een paar sterke neven, het deint een beetje. Waarom zijn eerste ervaringen altijd zo opwindend...? Laten ze de speeches achterwege? Geen gewacht meer in een aula vol huilfamilie?

We deinen nog steeds, ik weet wel waar we zijn, ik heb tenslotte mijn eigen plek uitgezocht. Een klein maar prachtig begraafplaatsje, heel landelijk, en achter het schuine houten hek, achter mijn kuil zal ik maar zeggen, begint de heide, bloeit die in deze tijd van het jaar? Ik weet zo weinig van planten. Is het een zonnige herfstdag?

We liggen stil. We dalen. Ik hoor haar stem, zij van de uitvaart met haar professioneel gesluierde hoedje, en nu hoor ik een mannenstem, gemoffeld, ik kan niet horen wat hij zegt, alleen de toon, toch jammer dat ik dat niet meer kan horen, ik bedoel, je maakt onverwacht je eigen begrafenis mee en dan de speeches niet. De stem moduleert mooi, Charles of Bob?

Nu hoor ik toch duidelijk muziek... Hier buiten? Onmogelijk. Het komt dichterbij... Het is net... nee, dat kan niet... een band... een steelband! Hebben ze me een vrolijke begrafenis willen geven, Bob en Ingi... Hoe hebben ze dat geraden? Kennen ze me beter dan ik dacht. Ze staan snoeihard Caribische deuntjes te spelen! Ik kan mezelf niet eens verstaan. Wat zullen de oerossen op de hei raar opkijken...

Wof. Daar zal je de eerste schep zand hebben. Nog een. En nog een. Bijna steeds op de vierde tel. Een schitterend gehoor, samen met die uitgelaten band... Wordt al stiller... Alleen nog het ploffen van het zand... de echoënde roffels nog net te horen... sterven weg... ver... ja... Volkomen stil nu... wacht even... nee, niets meer...

Ken je dat? Het zwart aan het einde van een film of een toneelstuk, een moment waarin het besef van alles wat je daarvoor gezien hebt wordt samengebald, en je ziel die dan even opveert...